文森｜戴哲尼｜林懷恩

遇見未來的你

HIStory5

Love In The Future

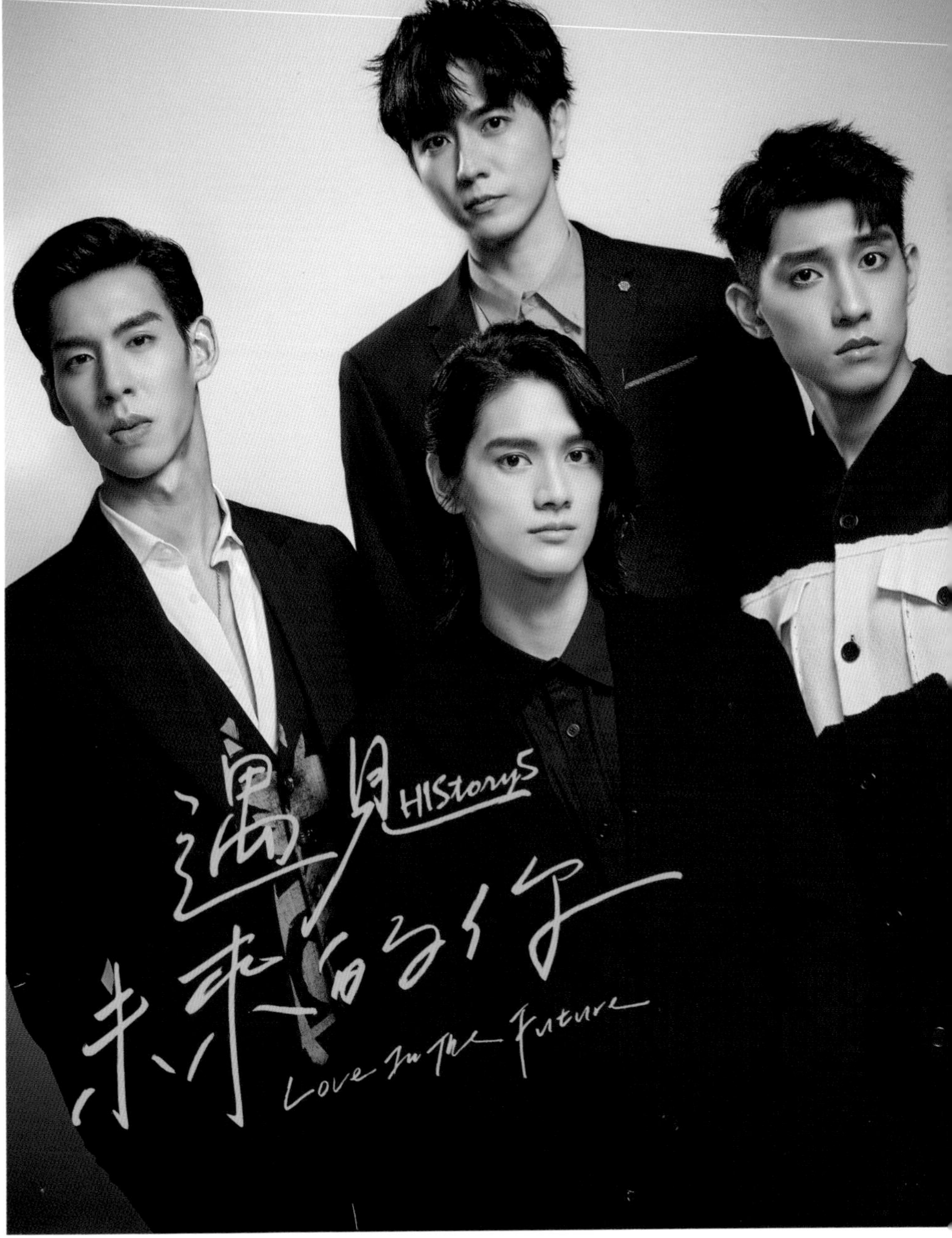

遇見未來的你

HIStory5

Love In The Future

|影視改編小說|

小說作者／瀝青
原著編劇／藍今翎、劉書樺

Contents

第一章　一九九九與二〇二二

「這裡……是哪裡？」

何柏緯忍著身上傳來的疼痛、頭昏腦脹地起身，刺眼的陽光讓他不禁瞇起眼。過於陌生的情景，讓他無法判斷自己到底身在什麼地方。

「發生什麼事了？」他聽見耳邊有人在呼喊的聲音，但是他無暇顧及，正在回憶是什麼原因變成這樣——

一九九九年，十二月三十一日

市區某大學內的學生餐廳，有不少學生正在用餐、聊天，身型瘦長、一雙精神奕奕的眼神、端正俊秀的年輕男孩背著背包，腳步輕快來到其中一桌，對著同學們喊道：「你們要的東西我都買來啦！」

「何柏緯，你太強了！真不愧是金牌跑腿。」男同學看著何柏緯裝得鼓鼓的背包，眼神充滿期待。

「好說。來，阿傑這是你要的限量球卡，這個我排超久才買到；輝哥，這是你要的超長圍巾。」何柏緯從背包裡拿出物品交給特定的人，同學們拿到自己的物品後，露出欣喜的歡呼，同時掏出金額不等的鈔票交給何柏緯。

「謝啦！貪財貪財，下次有需要歡迎再找我。」何柏緯眉開眼笑收下那些錢，用勞力換來的收入，讓他相當滿足。

輝哥對何柏緯感嘆道：「我覺得你根本可以去應徵那個《超級星期天》，幫阿亮尋人的工作了。」

「喔？你這個是好建議，應該可以賺到不少。」何柏緯收好錢、整理好背包後，朝同學一臉贊同。

「我去買個飯。」何柏緯端著餐盤回來時，除了自己要吃的份，還提著一份外帶便當，加入那群同學一起用餐閒聊。

此時，餐廳提供的電視正播送著新聞，主播的播報內容，吸引他們的注意。

◎

「為您播報下一則消息，今天是一九九九年最後一天，世界各地期待新的一年到來，但是人們也關注千禧蟲危機以及世界末日的預言是否會成真……」

何柏緯看著報導，沒什麼情緒地嚼著餐點，身旁的人很感興趣地展開討論。

「世界末日該不會真的來吧？」名叫阿傑的同學盯著電視擔憂問道。

「管他是不是真的，所以人要及時行樂啊！今晚的跨年夜，我一定要跟小美告白，然後用這條圍巾跟她一起圍起來……」輝哥一臉美好的想像。

何柏緯一臉恍然大悟喊：「難怪你要我買這麼長的圍巾……」

「對了，今天跨年晚會要不要一起去啊？聽說請了五月天、周華健、梁靜茹，還有很多大牌。」阿傑向所有人邀約，眾人紛紛響應參加，唯獨何柏緯沒有加入話題，特別格格不入。

輝哥見他不說話，問道：「何柏緯，你去不去啊？我們順便介紹美眉給你。」

「免！今天的外送單還很多，而且費用雙倍不跑可惜。」何柏緯拒絕的同時也吃完便當，他瀟灑起身準備離開，不忘回頭對著所有人補充：「而且我有最愛的金花了！不需要介紹其他人給我。」

何柏緯說完後走了，留下一群困惑的同學你看我、我看你，冒出相同的疑問。

「他剛說的金花……是誰？」

◎

何柏緯騎著車來到某個臭豆腐攤旁停下，一個年邁的女性正在收拾桌面與餐盤，那位老婦人聽到聲音馬上停下動作轉身，看到自己的孫子一臉驚喜。

他看到對方掩不住笑意喊道：「何李金花女士，吃飯啦！」

「小緯？你怎麼來了？」

「送飯給妳吃啊！阿嬤，妳一定還沒吃吼？」

何柏緯帶著金花阿嬤往空位坐下，替她張羅好剛才從學校買的便當。

「你呢？吃了嗎？」金花阿嬤遲遲沒有動筷，掛心著何柏緯。

「已經吃啦！我看妳一定沒吃，等一下我還有幾個單要跑。」何柏緯接手收拾的工作，邊說邊將碗盤往洗手臺放，挽起袖子清洗。

「唉唷……小緯，這樣很辛苦，最近天氣也變冷了，晚上我煮藥膳排骨湯給你吃。」金花阿嬤不禁露出心疼之意說道。

何柏緯整理完後，邊拉好袖子來到她身邊坐下說道：「好啊！不過今天單比較多，我會晚一點回家。」

金花阿嬤聽聞忍不住嘆口氣：「你白天要上課，晚上還要送快遞，這樣真的太累了啦！最近臭豆腐攤的生意不錯，你可以多給自己一點時間。」

何柏緯看著這個操勞的老人家，泛起心疼，但是又不想讓對方操心微笑說道：「妳才是不要這麼拚啦！之前不是說膝蓋痛？」

「唉唷、得多存點錢啊！九二一地震之後，牆壁都裂了房東也不管，我真想早點買房子搬走……你爸媽走得早，結果讓你一直跟著吃苦……」

何柏緯眼看阿嬤又要陷入過往的苦悶，連忙出聲制止：「停、停！以後等我賺夠錢，再來買我們自己的家，我現在有阿嬤一點也不苦，超幸福的！」

金花阿嬤很快就被安撫成功，何柏緯則摸摸她的手，將那些苦悶壓往心深處。

何柏緯很清楚自己的處境卻沒有因此喪志，反而讓他練就一身到哪都能想辦法過活的生存法則。

「好了！我該出發去送快遞了，晚上回來喝妳煮的藥燉排骨。」

「好，騎車小心。」金花阿嬤帶著幾分不捨的心情送他離開。

何柏緯扣好安全帽、發動機車，回頭向金花阿嬤揮手時，不知為何有一瞬間想多看對方幾眼，這突如其來的想法讓他感到不安。

「可能想太多了……趕快送一送，晚上再來陪阿嬤。」何柏緯很快就拋開想法，驅車離開，展開另一輪快遞的工作。

何柏緯預料得沒錯，跨年夜的外送單很多，直到他途中等紅綠燈時，透過街邊店家的電視螢幕才發現距離新年到來只剩一分鐘。

畫面上的人群與舞臺上的歌手、主持人正準備倒數。

『今天到處都是人，真的是一個不小心就很容易走散欸。』

何柏緯邊這麼想著，邊看著電視上的主持人越來越激動，本來沒興趣的他被路過的人潮聚集在電視機前的氣氛影響，不知不覺也將機車停在路邊混入觀看。

「嗯……反正沒差這一分鐘，跟著看看也好。」

畫面上方已經出現從三十秒開始倒數，周遭的每個人都洋溢著期待與興奮，相較之下他看起來就冷靜得多了。

「哎哎、等一下放煙火的時候，一起許個願吧。」何柏緯旁邊一名路人這麼說，並引起他的注意。

何柏緯看著倒數的數字越來越接近，也興起許願的心思。他想既然是跨年，代表下一個年的新生來臨，那就跟生日一樣，所以他擅自給自己三個願望。

此時，倒數數字已來到最後三秒，何柏緯跟著默唸。看著電視上天空炸開朵朵絢爛的煙火，四周充斥互相道賀新年快樂的聲音，而他一個人靜靜地在心裡許願。

第一個願望是希望可以存錢買到房子，帶阿嬤搬離那個老是漏水的屋子。

第二個願望是希望阿嬤身體健康。

第三個願望……第三個願望……

何柏緯的思緒被身旁動靜打斷，他抬眼望去是一對情侶親暱地交頭接耳。他有幾秒看得入神，又很快搖搖頭拋開瞬間冒出的心思。

「免！我有阿嬤就夠了，戀愛根本不需要！」何柏緯邊叨念著同一件事，在深夜總算完成所有承接的單，這才發現手機裡有一通語音留言。

「咦？是阿嬤打的，該不會有什麼事吧？」何柏緯立刻點開來聽，手機那端隨即傳來熟悉的聲音。

「小緯啊，很晚了，你怎麼還不回來啊？阿嬤把藥膳排骨湯放在電鍋裡，你要記得吃。回來注意安全。」

何柏緯聽完語音，連忙把手機收好重新發動車子。

「我都忘了藥膳排骨湯的事，現在有夠餓的，趕快回去才行。」

他帶著幾分焦急的心情往回家的方向前進，怪事就在此時發生。

何柏緯騎上一座大橋，那是他熟悉不過的回家路線。

不久之後眼前突然一片黑，他什麼都看不見，機車龍頭不受控開始蛇行。

「怎麼搞的？救命……救命啊……」何柏緯非常慌張，感到一陣暈眩，視線也變得模糊，有相當長的時間陷入一片黑暗，接著就失去意識了。

「沒錯……就是剛剛那個奇怪的狀況，明明還是晚上的……」

何柏緯看著自己身上的擦傷、周遭陌生的街景，好不容易回想起整個過程，卻反而陷入更深的疑惑。

「這裡還是臺北吧？可是……好像變得不一樣，到底發生什麼事了？」

何柏緯的疑問沒能獲得解答，尤其每個經過的人都戴著口罩，只能看到冷漠的眼神讓他感到不安。

「先生，你沒事吧？要不要幫你叫救護車？」此時有個路人攙住他的手關心問道，何柏緯才意識到自己是跌坐在地的狀態。

他從身上的擦傷與隱隱的暈眩感判斷，應該是不小心摔車了。

「我……」何柏緯慢慢起身，確定能自由活動，便對那位好心路人說：「我沒事。」

「那就好，你騎車小心一點，要送餐也要注意安全。」好心路人幫他把倒在一旁的機車扶起又關心幾句。

「我送快遞的啦！我不是送餐。」何柏緯想解釋他的工作，路人一臉還不是差不多的表情，同時塞給他一個乾淨的醫療口罩。

「這個要戴著！現在非常時期，口罩要戴，要注意防疫。」

「防疫？口罩？」何柏緯接過口罩一臉茫然，那名路人見他沒事也就不多逗留，留下他還無法釐清狀況。

「這不是我的車啊……我穿這樣是怎麼回事？」何柏緯摸摸身上寫著卜派外送的穿著，又看著那臺造型陌生的機車，他反覆看就是找不到鑰匙孔。

「奇怪了，我怎麼沒看過這種車？怎麼發動？」何柏緯在那輛電動車上東摸西摸，不曉得誤觸了哪裡，突然車子突然發動往前衝，嚇得他趕緊抓住。

「這個車怎麼回事？還有……」何柏緯透過後照鏡看到自己的臉更感困惑。

「這是我？我的頭髮怎麼變這樣？我的眼鏡咧？」他透過後照鏡反覆摸著自己的臉，雖然是自己的長相，但是整個造型卻無比陌生，好像另一個人。

他順勢從外衣的口袋裡找到皮夾，從裡頭找到證件，卻是他從沒看過的樣式。

「身分證跟健保卡怎麼變成這樣？」

他看著證件上的照片許久，想破頭還是沒能理解是什麼狀況。

「戴哲尼……誰啊？跟我長得一樣，可是名字完全沒聽過……」

「來，這是你的手機吧？」就在他還在研究戴哲尼是誰，突然有個男人向他說話，同時還塞給他一個長方形、像是鏡子的東西。

「手機？這是手機？我怎麼沒看過？」他還在研究那個被稱為手機的東西，那名男子則一臉憂慮地盯著他瞧。

男子從剛才就在旁觀望，好不容易抓到機會接觸，內心相當焦慮。

這下麻煩了！怎麼會讓他跑來二〇二二年啊？

得趕快想個辦法才行，不然我這個福德正神的位置會不保——

男子猶豫再三，終於鼓起勇氣開口：「那個……你冷靜聽我說，我因為出了點搥，不小心讓你跑來這裡，這裡不是你該待的地方。」

何柏緯聽見男子的低語，立刻抬頭震驚地看著他。

「大哥，你知道我是什麼情況？這裡到底是哪裡啊？這個戴哲尼又是誰？」

男子掙扎一會兒才說：「你別急，我很想幫你的忙……我……」他話還沒說完，藏在懷中的手機突然響起，看到來電顯示嚇得快抓不住手機。

「玉、玉皇大大為何會打給我……」他慌亂地接起手機，無暇顧及何柏緯，接連幾聲抱歉後離開，眨眼間就不見蹤影了。

「哎？大哥，你怎麼話說一半就跑了啊？」何柏緯循著他消失的方向走去，卻怎麼也找不到。

「到底怎麼回事？」他靜下心來端詳手上的證件。

「戴哲尼……所以我是戴哲尼？那……真正的戴哲尼去哪了？剛剛看到幾個路名，我只能確定我還在臺北沒錯，其他的就……」

就在他還在摸索情況時，街道旁一家電器行展示的平面電視吸引他的注意。

「各位觀眾好，今天是二〇二一年五月二十日，為您播報今天的消息。提醒您防範新冠肺炎的感染，現在依然是三級警戒，外出請配戴口罩，勤洗手，目前入境的旅客仍須遵守七天隔離政策，為此防疫旅館供不應求……」

何柏緯目瞪口呆地看著電視螢幕，一堆從沒聽過的名詞感到衝擊。

「二〇二一年？我不就像那個月光寶盒演的……我穿越了？然後……入境？隔離？這些是什麼意思？」

◎

此時，城市另一端有個高大、年輕的男人正在旅館內與防疫人員交涉，試圖離開。

「海翼先生，你剛剛打電話說要掛急診，哪裡不舒服嗎？」外頭一名穿著全身防護衣的人，帶著親切的口吻問道。

「我全身上下都不舒服！我頭痛、想吐、全身沒力！」他說完後就想擠開門，防疫人員見他還很有活力立刻瞭解是什麼情況。

「海先生，我明白隔離期間會感到焦慮不安的，你可以做運動、看電視……」防疫人員開始勸退海翼，並建議他如何度過這漫長的隔離日子。

海翼立刻明白離開無望，氣悶地關上門重新回到剛才的位置。

此時的他雖然心浮氣躁，已經比起剛才冷靜許多。

「可惡，陸思琪的事情還沒了結，卻得困在這裡好幾天，越待越煩……」

海翼邊低語邊摸著肚子，一陣飢餓感襲來才憶起還有件事被他忘了。

「對了，我叫的外送怎麼到現在還沒來？也太久了吧？」說到此，他已經拿起手機撥號出去。

「喂！我點的餐咧？」

「什麼？」接電話的人正是何柏緯，他聽到男人不客氣的質問感到困惑。

「我等你的外送已經一個小時了！你送去哪裡了？」

「你催什麼催，等一下又不會死。」

「你居然敢這樣說話？小心我要給你負評！」海翼沒料到這個外送員這麼不客氣，回吼的口氣又更凶了。

何柏緯壓抑不下怒火反譏：「什麼啊？小心我詛咒你天天失戀。」

這句話徹底激怒海翼，等不到餐點還被打到痛點氣得大罵：「你這什麼意思？送餐遲到還對我這麼不客氣，你就等著吃客訴吧！」

「客訴就客訴，我沒在怕的啦！」

何柏緯吼完後直接切斷通話，一股怒氣無法平息，更多的是沮喪與失落。

因為在數十分鐘前，他憑藉著記憶找到以前住處，卻發現人事已非，更讓他難過的是金花阿嬤的手機號碼已成空號。

他這才意識到自己身處在二十多年後的時空，唯一的親人可能已經不在世上，剛才海翼的這通電話則助長了他的憤怒與不甘。

「我真的穿越到未來了，而且我現在是這個叫戴哲尼的身分……」他再次拿起口袋的皮夾，看著裡頭幾張百元鈔票，還有那張貼著與自己長相一樣的證件。

「剛剛那通電話說我在外送……所以……」他回過頭看著電動車上的外送箱子，打開一看才發現裡頭放著餐點。

「戴哲尼是送便當的吧？所以……」雖然他還在適應戴哲尼這個身分，但是秉持著做快遞養成的思維，立刻摸熟種種的可能性低聲哀號：「那傢伙一定等很久，才會這麼火大，怎麼辦……」

這時手機再次響起，他接聽後發現並不是海翼打來，而是另一個陌生的聲音。

「戴哲尼，防疫旅館那單的客戶說要棄單喔！而且還要你付賠償金。」

「什麼？賠償？不不、我現在立刻送過去！」

一想到要賠錢，何柏緯說什麼都不想搞砸這件事，他只好暫時接受事實，騎著那輛他好不容易才摸懂怎麼發動的電動車前往指定地點。至於自己到底發生什麼事，就等完成這件事再說吧。

◎

「地址沒錯，但這家不叫防疫旅館啊……」他困惑地拎著餐點走進大門，卻被櫃檯小姐阻擋。

「先生，等等！現在有疫情，所以餐點都只能放在門口，你不能進來。」

「蛤？疫情到底是什麼？」

櫃檯小姐眼神閃爍一下，對他說道：「就是指一種叫做Covid-19、傳染力很強的病毒，已經流行很多年了。」

「什麼病毒？」就在他還沒理解，櫃檯小姐從身後拿出一瓶酒精對著他。

「你先把手伸出來，我幫你消毒。」櫃檯小姐拿著酒精瓶內心叨唸著，何柏緯你快伸出手吧！噴一下回歸水就可以回去了。

「哎？太麻煩了吧？我手很乾淨啊。」不知情的何柏緯完全不想配合。

兩人就這樣來來回回對峙許久，事實上由福德正神偽裝的櫃檯小姐只好作罷。

「可惜，不能用強迫，我這次考績要栽在你手上了。」

「妳說什麼？這個是一八〇六，海先生的餐，妳不讓我進去我怎麼收錢？」他沒錯過櫃檯小姐嘀咕，但過於含糊完全沒聽懂。

「海先生已經在平臺付款了，不過他有交代就算送來，他也不要了。」

「怎麼可以！剛剛催得要命現在又不要，反正我已經送到了。」他放下餐點想離開，但是想到不能就這樣跑掉，便對櫃檯小姐說：「妳可以幫我聯絡他嗎？只要他收下，就不用賠錢了吧？」

「好的。」在櫃檯小姐幫助下，他幾經折騰總算搞懂手機的操作方式聯繫海翼。

「現在的手機居然還可以看到對方的臉？太先進了吧！」

何柏緯還沒感嘆完，螢幕跳出海翼的臉不悅地瞪著他：「不是說沒在怕客訴的嗎？我特地開視訊，就是想看看嗆我的人長什麼樣子，很好！我記住你的臉了！你等著吃我負評！」

何柏緯立刻放低姿態說：「大哥！別這樣，我對您的景仰有如滔滔江水連綿不絕，你就原諒我吧！」

海翼此時忍不住勾起得意的笑容嘲諷：「剛才不是很跩？」

秉持著一點都不想賠錢浪費的本能，何柏緯苦苦哀求道：「大哥，你都不知道，我剛才為了趕你這一單，在路上出了車禍，還來不及去醫院，心裡著急情緒一上來，就對你很不客氣，這點我很抱歉啦……如果，你堅持要退單我也只能接受了。」

何柏緯說完後還刻意舉手抹汗，就為了讓海翼能看到他手臂上的擦傷。

海翼見狀隨即皺起眉，態度比剛才軟化不少。

「我怎麼知道你出車禍？這件事你要先講吧？」海翼看著他手上的傷，剛才那些想嘲弄的心思全都沒了。

「抱歉、抱歉！為了表示我的誠意，你以後有什麼需要我幫忙的，我一定幫！」

「你都受傷了，我就不跟你計較了……不過，你這個約定我就記下了啊。」海翼沒忽略他這番約定馬上接受，對此心裡也有其他打算。

他想，陸思琪的事可以找這個人幫忙。

「謝謝哥！謝謝你！」不知情的何柏緯依然不停道謝。

「好啦！餐點送過來吧，下不為例了。」

危機總算解除的何柏緯這才鬆口氣，結束這場突如其來的外送工作。

「接下來該怎麼辦啊……」當他得以冷靜下來，又想起自己的困境。

無處可去又疲倦的他找了個公園休息，他看著戴哲尼的身分證，上頭標示的戶籍地址離目前所在處相當遠，他猜想應該在臺北另有住處，但是……

「這個戴哲尼住哪？有哪些家人朋友都不知道，這下連睡覺的地方都成問題了。」

上天似乎對他不算壞，他的煩惱恰好被一個躲在一旁的街友大哥聽到了。

要說幸運，其實又是福德正神偽裝製造的巧合。

「年輕人，你沒地方去喔？我這裡借你待一下。」

「真的可以嗎？」戴哲尼對於這位不認識的陌生人伸出援手相當感激。

「當然可以，你叫我福德哥就好！」

這位自稱福德哥的街友大哥，非常熱情地讓他借住一晚。儘管只有簡陋的紙板擋風，但是對方還提供食物請他吃，讓他獲得一點安慰。

至於未來的打算，他決定養足精神再做打算。

深夜時分，何柏緯酣睡之際並沒有察覺那位熱情的街友正注視著他。

「時間拖太久，已經無法用神力送你回去了，得想別的方法。」化身為街友的福德正神，便俯身在他耳邊低語：「如果想回去，可以去一開始醒來的地方試試。」

天亮之後，何柏緯帶著謹慎的心情，前往一開始出現的地方。

「這個夢一定有什麼暗示！電影都這樣演的。」他照著夢中聽到的話，佇立在昨天的事發地點，苦思許久後決定躺下，怪異的舉動讓路人不禁多看他幾眼。

「奇怪、沒什麼反應……」一心只想回去的他不在乎旁人的眼光，就在原地躺下翻來覆去，甚至閉上眼睛期待睜眼就能回到過去。

什麼都沒發生就算了，還引來熱心民眾的關懷。

「先生，你沒事吧？」一陣懇切的男性嗓音傳到何柏緯的耳裡，但是他選擇不理會，對方沒打算離開，在他身邊又呼喚幾次未果，直接拿起手機。

「一一九嗎?這裡有人昏倒，麻煩你們快過來看看……」

何柏緯聽聞，並不想把事情鬧大只好氣急敗壞地起身，瞪了這個穿著合身西裝、氣度優雅的男性一眼後轉身走掉。

被打斷的何柏緯挫敗地走回公園，滿臉愁容地瞪著前方不知如何是好。

「難道就要這樣，一直用戴哲尼的身分過下去嗎？」他坐在公園一角煩惱著，聽到附近幾個小孩一邊玩遊戲一邊大喊閃電、變身之類的聲音，吸引他的注意。無憂無慮的笑鬧聲讓他很羨慕，就在這一瞬間讓他又有了點想法。

「還是說，像《回到未來》那樣，用閃電就能把自己送回去？」他抬頭看著晴朗的天空，多希望現在就有道閃電劈下來。

「可以的——」

此時，不遠處突然傳來的奇怪動靜打斷他的思緒。

「嗯？那個人在幹麼？」何柏緯很難不理會，看到一個穿著正式、年紀與自己相當的男性正對著一棵樹的樹洞說話。

「難不成這個人跟我一樣也……還是說他可以召喚什麼？」他實在太好奇了，於是偷偷靠近察看，才聽清對方正在說什麼。

「我可以的，我可以的！」男孩正不斷對自己信心喊話，直到發現有個人在他身後，一臉尷尬後退好幾步。

「啊、抱歉，我打擾到你了……抱歉。」何柏緯見他慌張的樣子連忙道歉。

這位年輕又帶點羞澀、溫柔的男性看了他一眼，沒有答話，拿起背包離開。

何柏緯也不好意思多說什麼便目送對方離開，直到發現對方遺落在原處的資料，馬上抓起追上：「等等——」

他瞥見上頭有署名急忙喊道：「林懷恩，你的東西沒拿。」

男孩聽聞立刻轉過頭訝異地問：「你怎麼知道我的名字？」

「這上面有寫。」

林懷恩接過資料夾，依然臉頰發紅，卻還是很有禮貌地向對方致意。

「謝謝你，請問怎麼稱呼？」

「我叫……」他猶豫一下為了避免麻煩，決定接受事實，默默地向何柏緯這個名字暫別後才回答對方：「戴哲尼。」

「戴哲尼、你好，謝謝你。」

戴哲尼想起剛才的情形問道：「你要去面試啊？」

「對，進入這間公司是我從小到大的夢想，但是我很緊張。」林懷恩搓搓手，忐忑的心情全寫在臉上。

「教你一個方法，來、手給我。」戴哲尼抓起他的手，在掌心上寫了個人字說道：「把你手心上的人吃掉，你就不會緊張了。」

「真的？」林懷恩很疑惑，但是看到戴哲尼鼓勵的眼神，他還是乖乖照做，張嘴作勢吃掉的樣子。

「好啦，現在讓你緊張的人已經吃掉了，你什麼都不怕了。」戴哲尼過於認真的解釋，讓林懷恩忍不住笑出聲。說也奇怪，他的緊張好像就真的被自己吞掉了。

「謝謝你，我得走了。」

林懷恩與這名偶然相遇的人道別後，帶著被鼓勵過的心情前往面試地點——海神百貨行銷部。

林懷恩本以為面試過程，會有不少考驗。

他為了這份工作準備非常多資料，面試他的人是行銷部的經理，東尼，看起來是個很注重打扮的男性。

過程中，東尼問了一些奇怪的問題，例如他是否單身——

「我沒有女友，我對行銷有很大的興趣，而且夢想就是進來海神工作，您可以看看我做的簡報，我對這裡……」林懷恩抱持著再怎麼怪的題目都要認真回答，好讓對方留下印象，但——

「好，我知道了。」東尼打斷他的話，又對他上下審視一眼才說：「你錄取了，試用期是三個月，考核有過的話就轉正職。」

「啊？好，我明白了。」林懷恩沒想到這麼順利，雖然過程有太多疑點，但是錄取的喜悅很快就掩蓋掉心中的疑惑。

他與公司人資確認到職日後，帶著滿心歡喜準備離去，正想著該找個機會跟戴哲尼道謝，卻沒注意到另一側有人而直接狠狠撞上對方。

「對、對不起。」林懷恩連忙跳開，向對方不停道歉。

被撞到的男子緩緩摘下藍牙耳機，看著他，目光閃過一絲難以察覺的訝異。

林懷恩與他眼神交接的瞬間，心裡泛起難以解釋的觸動感，但是生性害羞的他馬上低頭。

「有沒有撞傷哪裡？」男子態度溫和，輕聲關心問道。

「沒有……抱歉。」林懷恩只有滿滿的懊惱，並沒有注意男子的打量目光。

「走路要注意點，別當低頭族。」不過男子沒有逗留太久，叮嚀幾句就離開了。

林懷恩很快就收拾好心情往另一個方向離開。

那名男子直到林懷恩走遠，才回過頭多看一眼，掩不住臉上的笑容低語：「今天真是特別的日子，早上遇到躺在地上的怪人已經讓我印象深刻，現在還有機會碰到你——你終於來了啊，林懷恩……」

◎

順利進入海神百貨的林懷恩，轉眼間已上班了好幾天。

最開心的時光也只在被錄取的那天，隨後就是忙不完的工作，今天也是如此。

已到表定的下班時間，他的上司也就是錄取他的東尼，又塞了不少工作給他。

「這些明天開會要用，記得列印出來，還有辦公室就麻煩你關燈囉。」東尼說完後也準備下班了。

「喔、好。」林懷恩發現辦公室又只剩他一人，認命想著今天又得加班了。

已經走遠的東尼突然又折回來問道：「我問你，你跟梁總是什麼關係？」

林懷恩感到不解反問：「什麼意思？」

東尼審視他一眼才說：「面試你的時候，梁總有特別交代要留意你。」

林懷恩這才明白，難怪面試過程沒有傳說中的刁難，堪稱是輕鬆過關，但……

「我不認識梁總經理。」

東尼看他不像演的，想了想說：「可能是你很積極的關係，我也覺得不錯，你就好好幹吧！」

「謝謝經理。」林懷恩送走上司後，繼續沉浸在工作中。但是經理那番話，讓他一直想起錄取當天發生的事。

他事後才知道撞到的人是海神百貨的總經理，梁文森，害得他一度擔心好不容易到手的工作會飛掉。更如剛才回答那般，他並不認識對方卻被特別關照。

「為什麼呢？」林懷恩忙著東尼交代的工作想得入神，不小心踢到桌腳。

「啊……糟糕。」眼見整理好的資料滿天飛，他卻無暇顧及整個人就快狼狽落地時，卻被一股力道攔腰抱住。

「你還好嗎？」扶住他的人就是不知何時出現在身邊的梁文森。

「啊、沒事、謝謝梁總……」林懷恩沒想到對方突然出現，重新站穩後猶豫一下才說：「還有上次撞到你的事，我也感到很抱歉……」

「你是不是很喜歡這樣闖進別人的世界啊？」梁文森看著他失笑問道。

林懷恩擰起眉，慌忙否認：「不是、我沒有……」

梁文森見他臉紅，深知對方臉皮薄，沒繼續逗他而是彎身替他撿起散落的資料。

「梁總、我自己來就好——」林懷恩見狀蹲下收拾，梁文森依舊故我，並跟著他把所有資料撿齊。

「你為什麼待到這麼晚？這些不是你的工作範圍吧？」梁文森瞄了資料一眼才交到他手上。

「幫同事的忙。」林懷恩說罷，發現對方皺眉，有一瞬間擔心自己是不是說錯話。

「結果導致你自己加班？這些又不能算是你的業績，還可能讓自己的事做不完，到時候結算，他們的業績能分給你嗎？」梁文森心裡是擔憂的，但是問出口卻像是盤問一樣，讓林懷恩低頭感到心虛。

「我不知道怎麼拒絕……」

「那就要學會說不，這些別做了，快下班。」梁文森聽聞，這下更心急了。

「不行，至少這次答應的事要做完，下次我就會拒絕了。」

梁文森聽到他的回答，先是一愣接著笑出聲，這個反應讓林懷恩感到不解。

「你已經會說不了——我居然是你第一個說不的對象。」

梁文森溫柔地笑著，林懷恩這才意會過來跟著羞澀一笑。眼看雙方關係緩和一些，林懷恩壓不住剛才冒出的好奇提問。

「梁總，經理說你有特別交代才錄取我，我能知道是什麼原因嗎？」

「喔……」梁文森快速梳理思緒，當然不會對他說實話，避重就輕說：「我看過你的學經歷跟簡報很不錯，所以決定錄取你，沒其他的意思。」

梁文森有點擔憂，沒料到對方會直接問起，毫無準備掰出的解釋，就怕對方起疑。

幸好林懷恩不但沒有懷疑，欣然接受笑道：「這樣我會努力的，不讓你失望。」

梁文森跟著微笑回應，盯著那抹笑容有幾秒呆滯，心想這孩子笑起來真好看。

◎

終於下班的林懷恩正回憶剛才的情景。

他只要想起梁文森，就會感到怦然心動，他不太懂這是怎麼回事，為此陷入沉思時，在臭豆腐攤位前碰到戴哲尼。

他不解對方為何盯著攤位失神，想到自己面試前受到的鼓勵，決定上前招呼。

「戴哲尼，真的是你，還記得我嗎？」林懷恩看對方露出疑惑的眼神，立刻比出吃手心的姿勢，戴哲尼這才想起對方是誰。

「林懷恩？對吧？你面試還順利嗎？」

「很順利，我剛從海神下班，我正想跟你說謝謝呢！你吃過了嗎？我請你。」林懷恩指了指前方的臭豆腐攤。

「好啊。」戴哲尼毫不猶豫答應對方的邀約，因為他現在很需要有個人陪。

兩人在用餐期間，談了不少彼此的私事，趁此次的機會關係拉近不少。

唯獨戴哲尼從過去穿越而來的事，並沒有讓林懷恩知道。

他很清楚，這種事情說出去誰信？更可能會嚇到這個生性靦腆的男孩。

他現在最需要的是有個人能陪他說說話，抒發自己的心情。

「我因為種種原因，沒辦法聯繫到阿嬤，我也不知道還有沒有機會見到她……」

「放心，抱著希望，總有一天會見到面，而且……」林懷恩停頓幾秒，用著不同以往的失落說：「你比我幸福，你還有阿嬤可以想念，我連我爸媽在哪都不知道。」

「咦？」戴哲尼隨即意會低聲問：「你是……孤兒？」

「對啊。」林懷恩朝他坦然一笑接著說：「我從小在不同的育幼院住過，後來在一個叫仁德育幼院的地方，因為有海神百貨的資助，生活才穩定下來。所以我從那時候起就夢想要去那裡工作，回報他們對我的照顧。」

戴哲尼靜靜地看著這個容易害羞，卻又展現堅強一面的男孩，突然發現彼此其實有相像的地方。

這也讓莫名被丟到未來感到孤單的戴哲尼，覺得交到一個可以交心的朋友，內心因此踏實不少——因為這頓飯讓他交到在這個世界的第一個朋友。

說到朋友，戴哲尼心中還有一個勉強稱得上朋友的人，海翼。

正確來說，海翼算是他的雇主。

一個有點高傲、脾氣說不上好，但是出手很大方的人。

幾次交手後他與海翼漸漸熟識，對方會多給他一點小費。之後為了方便聯絡，海翼還直接給他私人手機號碼。

戴哲尼對這位態度稍嫌不客氣的傢伙，好感逐日上升，甚至覺得對方的微笑很迷人，讓他在這個孤獨的新生活有個慰藉。

雖然他在某些時候不太喜歡海翼的言行舉止，但整體而言不討厭，更是他在這個時空能依賴生存的關鍵。

除了外送，海翼前一陣子還交付他去接近一個叫「陸思琪」的人。

戴哲尼對此很困惑，幾番追問下才得知，對方是海翼的前女友。

因為海翼被對方用過世的奶奶託夢說他們不適合，這種不明不白的理由分手，並從此斷了聯繫。

海翼對此感到莫名其妙還非常不甘心，想當面說清楚。

不過，這個任務對戴哲尼來說難度太高，雖然一開始有如神助，馬上就發現對方的行蹤，卻找不到機會接近甚至還跟丟。

得知消息的海翼透過視訊揶揄著：「你當初不是說沒問題？」

「至少我已經鎖定她的行蹤，再給我一點時間，下次一定能接近。」

「下次是要多久？我看你不要做外送的工作，專心幫我處理這個任務啦。」海翼沒好氣地說道。

「不行，我不外送的話，就沒錢吃飯了！生活就過不下去了。」

「我有說要讓你做白工嗎？我會付你時薪的兩倍。」

戴哲尼眼睛一亮，乘勝追擊說道：「可是……如果不做外送，那支手機就得還回去，我們就沒辦法聯絡了……」

「好啦！我買一支新的手機給你，你缺什麼再跟我報備。」

戴哲尼顯然還不滿足，故做委屈加碼：「還有……我其實被房東趕出來了——」

海翼安靜幾秒才回應：「你也太多事情了？住的地方我安排，你專心幫我搞定陸思琪的事。」

「謝謝海翼哥，我一定使命必達。」戴哲尼聽到對方什麼都答應，眉開眼笑又有點諂媚地答謝。

「一言為定，你可要說到做到。」海翼說完後就結束通話，看著剛掛斷的畫面，回憶剛才的內容，忍不住失笑。

他當然知道戴哲尼對他太過予取予求，但是為了陸思琪的事，這點開銷對他來說並不大，事實上他挺喜歡戴哲尼的處事態度。

坦率又很好親近還懂得察言觀色，相處起來很舒服，交辦的事情一點都不馬虎，就是那個能言善道近乎犀利的嘴，海翼常被堵得啞口無言感到稍微不爽。

撇開這個缺點，戴哲尼是個有很多優點的人，尤其不知為何常常帶給他莫名的安心感，自然好感度就不斷滋長了。

「這個傢伙有意思，不過有些地方挺可疑的……」海翼想了想，拿起手機撥打。

對方很快就接通，海翼聽到熟悉的聲音勾起淺笑。

「Sam，我想請你幫我查個人……叫戴哲尼，穿戴的戴、哲學的哲、尼采的尼。」

第二章　習慣新生活

海翼做事效率驚人地好，很快就替戴哲尼找到落腳處。
雖然是間老舊倉庫但是裡頭應有盡有，還備有洗手間跟沙發，讓他吃住無虞。
他一進裡頭就開始挖寶，發現還印有不少海神百貨字樣的目錄與過期雜誌。
「順便來理解這個時代流行什麼吧……」
閒來沒事的戴哲尼決定翻這些雜誌惡補，也讓他有機會冷靜下來整理思緒。
「話說福德哥不知道去哪了，希望他有看到我留的聯繫方式來這裡一起住。」戴哲尼邊掛心福德哥邊盯著目錄出神，精神鬆懈後逐漸被睡意取代。
不知不覺他不小心睡著，陷入奇怪的夢境裡。
起初是金花阿嬤把他搖醒並帶著親切的笑容。
這個夢真實得讓他摸不清虛實正想伸手抱住對方，阿嬤卻搖身一變成海翼。
這也就算了，對方還一直對著他笑！
最奇怪的是，海翼離他越來越近、越來越近，居然還作勢要親他。
「什麼啊……」
戴哲尼猛然驚醒，才發現自己滾下沙發，姿勢還有點狼狽。

「這什麼夢啊——夢也給我夢完整啊！給我這種一半的……」

戴哲尼吃力地起身走往洗手間，全身還殘存著剛才摔痛的不適感。

進到洗手間，他見到鏡中那張與自己相似又有些許不同的臉，心中充滿矛盾。

想起剛才的夢，他指著鏡子的人痛罵：「何柏緯，都什麼時候了！想辦法回去都來不及了，還敢做跟別人親親的夢！而且還跟一個男人，你在搞什麼？」

他看著鏡子那張齜牙咧嘴的臉，居然產生好像被戴哲尼本人指責的錯覺。

失落之餘，對於剛才夢裡的金花阿嬤更是念念不忘。

於是他再次撥打那組熟悉的電話號碼，可惜只能聽到空號的提醒。

「也是，阿嬤都不住那裡了，怎麼可能還會留著手機號碼？」

戴哲尼懷抱著沮喪的心情刷牙洗臉完畢，回到剛才的位置，瞥見翻出來的雜誌與型錄，陷入更深的惆悵。

對他來說，一九九九年才幾天前的事，對這個時空來說，卻是二十多年前。

他盯著目錄上的商品，腦袋裡全是與金花阿嬤的回憶與時代的落差感。

「阿嬤現在不知道怎樣了……我這樣突然失蹤，她一定會很擔心。」

思及此，他的心情就更低落：「我一定得想辦法回去才行。」

◎

梁文森心情很好，大概是因為一大早上班就遇到林懷恩的關係。

他剛從地下停車場搭電梯，站在後方享受耳機傳來的音樂，到了大廳樓層，門一開，就從人群裡發現對方。

職員們一進電梯紛紛向他道早安，梁文森分神點頭示意，眼睜睜看著溫吞的林懷恩被兩旁急湧入內的人潮往後推，變成最後進電梯的人，同時過載鈴聲很不客氣響起。

「你搭下一班吧。」離林懷恩最近的男職員說道，他點頭往後退一步。

梁文森看不過去，趁著電梯門還沒關上喊道：「等一下。」

梁文森忽略眾人正對他目光洗禮，喊著：「林懷恩，跟我過來，有事要交代。」

「是。」林懷恩秉持工作優先直接踏進裡頭，那位男職員直接禮讓他搭乘。

梁文森看他安分地站在身邊，心裡才踏實許多。

林懷恩戰戰兢兢地等著電梯不斷往上，最終電梯內只剩下他與梁文森。

直到電梯門再次開啟，梁文森卻一句話都沒說就往前走，留下困惑的林懷恩。

「梁總，不是說有事要交代嗎？」

「嗯？我交代完啦。」梁文森朝他投以溫柔的微笑回應。

「啊？」

「明明站在最前頭的人，下次不用做這種不必要的禮讓。」

「喔……」林懷恩這才明白他的用意，靦腆一笑又回道：「是，我知道了。」

梁文森朝他揮揮手，沒多說什麼就轉身離開。林懷恩在電梯門關上之前，看著梁文森遠去的背影入神，對他偶爾伸手調整藍牙耳機的動作有些在意。

「梁總好像很愛聽音樂，每次看到他都幾乎都戴著耳機，不知道都聽些什麼。」林懷恩的疑問很快就被工作拋到腦後，卻在不久之後，梁文森再次召喚他上樓。

林懷恩想著，這次一定有什麼重要的事吧？

他剛進辦公室，梁文森隨即從繁忙的事務裡抬頭問：「你吃過早餐了嗎？」

「還沒。」林懷恩茫然搖頭，一時無法聯想跟工作有何關係。

「有間網紅名店準備要在美食街設櫃，這是他們提供的早餐試吃。我想調查年輕人的口味所以找你試試，直接在這裡吃吧。」

「在這裡吃？」林懷恩的語氣充滿疑惑，這與他預期中的「工作」有很大的落差。

「試吃也很重要，不能砸掉美食街的名聲，有什麼問題嗎？」

梁文森坦然自若的態度，讓林懷恩不禁反省自己的心態。

「沒有。」林懷恩就在梁文森的要求下認真試吃並寫下感想，過於專注而始終沒察覺對方偷看的視線。

梁文森看著林懷恩時，腦海中總忍不住被另一個小小的、有點孤獨跟自己處境有點像的身影重疊。

這是梁文森藏在心裡的祕密，他在很久以前就見過林懷恩了。

林懷恩不記得，但他絕對記得。

兩人都待過仁德育幼院，就在他按照育幼院滿十八歲就得離開的規定，那天正帶著行李展開獨立生活，卻遇到十歲的林懷恩。

「我討厭所有人！每個人都在欺負我！」

這麼一個小小的身影站在樹洞前又哭又喊，剛好經過的梁文森很難不察覺。

「你跟我一樣，也喜歡對樹洞講祕密嗎？」他停下腳步，隔著那棵樹問道。

十歲的林懷恩很意外有人回應他，瞬間腦袋當機茫然望著樹洞。

「我懂你的感受，不過……我覺得與其傷心不如讓自己變強，強到沒有人可以欺負你，知道嗎？」

「嗯……知道。」小林懷恩終於回過神，帶著呆滯的口吻回應。

梁文森滿意他的回答還覺得很可愛，確定對方情緒緩和才重新提起行李離開，他才走一小段，就聽見後面傳來那個孩子朝他大喊：「大哥哥，謝謝你。」

梁文森沒有回頭，背對著林懷恩舉手道別，從此離開這個陪伴他長大的地方。

對此林懷恩毫不知情，他只覺得這個上司人很好，吃飽喝足後便帶著極佳的心情回到辦公位置上繼續忙碌。恰逢午休時間，路過的東尼見到他獨自在辦公室忙，忍不住出聲關心。

「林懷恩，你怎麼不去吃飯？」

「經理，我不餓。」

林懷恩連忙起身解釋，東尼將他按回椅子上，欲言又止看著他一會兒才開口。

「喔──你坐下，我跟你聊幾句。」

「是什麼事？」

「我想問──梁總早上叫你去辦公室？」

「是的，他說有個網紅名店要進駐，要我去試吃他們提供的早餐，所以我到現在還很飽。」林懷恩說到此還羞澀地摸摸肚子。

東尼一閃即逝的質疑，但是隱藏得很好，林懷恩並沒有察覺他不小心洩漏出一丁點不悅的態度。

「這樣啊……」東尼故做鎮定心裡卻各種猜想，早在面試被特別交代時，他就很介意林懷恩到底是什麼來歷，能讓梁文森有不同的對待，甚至產生不希望讓對方有機會接近梁文森的念頭。

「經理，怎麼了嗎？」林懷恩見東尼盯著他遲遲沒有說話感到不解。

東尼輕咳幾聲才說：「我只是突然想到週年慶的目錄要出了，需要有人去盯印刷廠的情況，在想可以派誰──」

「經理，我可以去！」林懷恩立刻喊道，對他來說每一個機會都可以替自己增加經驗，就算手上還有一堆工作他還是很樂意。

東尼努力不讓自己真正的心思被發現，擺出一副親切的上司口吻說：「那就讓你試試看吧！我會傳印刷廠的地址給你，現在馬上就去，有什麼問題隨時跟我說。」

「好，謝謝經理。」林懷恩很快收拾好自己的物品，拎起背包外出。

東尼直到確定他離開才擺出嫌惡的表情，心裡另有打算。

◎

一心只想做好工作的林懷恩，完成盯目錄印刷抱著打樣回公司時已經是晚上。辦公室內的人早就走光，更讓他困擾的是堆積在自己桌上的工作，以及同事們留給他的便條紙。

「哇……全部都要明天交嗎？」林懷恩讀完所有訊息，又嘆了口氣說：「這個我熬夜也弄不完啊——只能拚一下了。」

又過了一段時間，同樣加班的梁文森準備下班，卻發現林懷恩待的部門隱約亮著光，馬上猜到可能性，他一邊期望只是自己誤判走去查探。

當他看到內部那個熟悉的背影，發出無奈嘆息。

雖然他很喜歡林懷恩專注認真的模樣，但是現在時機完全不對。

若要問他為什麼這麼在乎林懷恩？

因為離開育幼院那天與林懷恩相遇之後，他其實常抽空回去偷偷探望對方。這段期間他事業漸漸有成，就以海神百貨的名義資助對方，更負擔對方學鋼琴的學費，悄悄守著林懷恩從孩童變成少年。

那天也是如此，在工作空檔回到育幼院探望。

他站在遠處看著已是高中生的林懷恩，在琴房裡專注彈琴感到欣慰。

後來還收到林懷恩寄來的感謝卡片，並將自己創作的第一首曲子存在隨身碟裡送給他做為禮物。

這一切，林懷恩並不曉得，只知道是海神百貨長期資助他，讓他的學生生涯無虞。

那張卡片梁文森一直小心收藏，那首自創曲成了他長年的心靈寄託。無論遇到挫折或工作忙碌，沉浸在那首旋律裡就能獲得安慰。

現在林懷恩明明已經成年必須獨立面對一切，他還是放不下那份在乎。

「梁總，你還沒下班喔？」林懷恩感受到有人注視，才發現梁文森在不遠處。

「應該是我問你吧？又是別人的工作？」梁文森抽回思緒，與林懷恩對上眼，看著對方為難地輕輕點頭不禁皺起眉。

「你聽好，既然學不會拒絕你就只能負責到底，答應的事要把工作做完。」

「好，我知道了……謝謝總經理關心，你慢走。」林懷恩挫敗點頭，畢竟對方說得也沒錯，就在他做好要熬到天亮的準備時，卻看見對方脫下外套來到自己身邊。

「誰說我要走了？一起做不是比較快？」

「咦？」林懷恩沒料到事情會這麼發展，雖然幸好有對方幫忙，讓他得以做完事情，但……他再怎麼遲鈍，也發現梁文森好像對他太過偏心了。

他想不透原因為何，但是他有記住梁文森的叮嚀，也思考著如何與這人保持適當的上下屬關係。

畢竟讓公司的總經理來陪員工加班這種事，連他都覺得很不像話。

然而解法還沒想到，隔天又被梁文森召喚去辦公室了。

林懷恩邊想著不能再這樣下去，帶著忐忑的心情前往，一進去辦公室卻出現讓他更難以理解的情景。

梁文森就坐在會客用的沙發上，桌子放著牛排與紅酒。

「總經理，你找我有什麼事？」

「你來這邊坐下，陪我一起吃午餐。」

林懷恩很清楚這不對勁，但是基於上司要求沒有理由拒絕，戰戰兢兢地坐在對方指定的位置，猶豫再三還是開口了。

「總經理，這樣不太好吧？我是不介意，但是其他同事看到，對你的觀感會不好。」

「這件事你不需要擔心，你幫我把牛排切成塊，餵我吃。」

梁文森的要求很不可理喻。林懷恩有太多疑問，但是他還是乖乖照做。

林懷恩切好牛排，戳起一塊遞到梁文森的嘴邊，冷不防被對方抓住手。

距離一下子拉得很近，林懷恩清楚聞到對方身上的香水味，心臟差點漏跳一拍。

「你為什麼不反抗？」

林懷恩被這麼一問，腦袋一片空白。梁文森平時的溫和消失殆盡，那雙危險的眼神讓他很慌張。

「我……我……」林懷恩頓時腦袋一片空白，一句完整的話都說不好。

「如果不反抗，我就當作你是自願。」梁文森又離他更近。林懷恩在他的注視下回神，猛地抽回手順勢拉開距離。

梁文森很快收起剛才的態度大笑出聲，氣氛轉換太快，林懷恩反應不過來。

「這就對了嘛，不合理的工作，你要會拒絕。」梁文森又恢復往常的樣子，林懷恩此時才意會到對方的用意。

「原來總經理是說這件事——」

「不然你以為我要做什麼？」梁文森看著他收起笑容說道：「我知道你很善良，但是人要適時強硬才行，才不會讓人覺得你沒有底線。」

「是，我會記住的，謝謝總經理。」

梁文森眼見氣氛又變得嚴肅，再次放柔口吻說道：「你快吃吧，冷掉就不好吃了。」

「好。」林懷恩在他的安撫下總算能安心吃飯，雖然他覺得總經理在上班時間一起吃牛排很不像話，甚至凸顯梁文森的確特別照顧他的事實。

為此，林懷恩仍想不透原因為何。

他看著面前的紅酒邊吃邊思忖，以後再找機會問清楚。

◎

戴哲尼喝醉了，起因是被倉庫一角幾瓶紅酒吸引。

他的理由很單純，只要任何可能回去的方法都想嘗試。認為大醉一場醒來後，說不定就能回到一九九九年，但是實驗後只換來酒精帶給他的昏沉感。

「這樣有用才有鬼咧——」戴哲尼癱在沙發上，滿臉通紅渾身酒氣地嘲笑自己。

正想藉著酒意睡一覺，手機卻突然響起，他定神一看是海翼來電。

為了不被對方發現自己幹的好事，他連忙坐正讓自己看起來毫無異狀。

視訊畫面一接通，海翼看來心情還不錯朝他笑問：「你那邊還好吧？」

「很好！給你看看、我很乖的。」戴哲尼為了展示自己的心意，還拿手機繞著周圍一圈，當然也記得避開自己堆在旁邊的紅酒瓶。

「你沒破壞就好。」海翼看了一眼沒有多起疑，很快切入主題說道：「我傳陸思琪的資料給你，你要想辦法接近她。」

「喔……我來看看。」戴哲尼馬上點開訊息，內容是陸思琪的基本身家資料——陸廣集團的獨生女，是個學歷高、家境好、在美國留學過的高材生。

他分神想著，既然海翼曾跟她交往，就表示這傢伙的身家也不簡單。

戴哲尼讀完資料皺眉問道：「疑不是，只有基本資料，憑這些要怎麼接近她？」

「你說的對，這樣你還需要什麼？」海翼點點頭，沒有反駁他的意見。

「喜歡吃的東西、興趣、喜歡去哪裡、愛用的東西……等等。」

「這沒問題，她喜歡吃牛……不對，應該是鮑魚……她應該也喜歡喝紅酒──」

「你真的當過她的男朋友嗎？你花這麼多心力想見一面，可是感覺你不太瞭解她，確定是真愛？」

海翼聽聞有點惱羞成怒喊道：「戴哲尼、注意態度！我可是僱用你的人，以僱傭契約來說我就是甲方、你是乙方，反正我就提供這些，你要想辦法找到人。」

戴哲尼馬上露出親切笑容，意識到現在的確得靠海翼生存，努力安撫對方說道：「我打算精準、快速執行計畫，不過需要費用──」

海翼一副不意外的臉色回道：「錢不是問題，但是你必須一週內搞定。」

戴哲尼似乎也預料到這個可能，處變不驚地說：「沒問題！一星期，但我要現金。」

「好啊，但是你一週內沒做到，要付雙倍違約金。」

戴哲尼比他更爽快，沒有第二句話直接說：「可以！」

他們不約而同露出笑意，兩邊看似談得順利，實則各有盤算。

海翼並非毫無顧慮花錢，只是對於戴哲尼爽快答應感到可疑。

戴哲尼暗想著，只要一週內找到回去的方法，對方罰幾倍他都不怕，到時候對方想索賠也無從查。

海翼再次展現效率極快的優點，十萬塊現金很快託人送來。

戴哲尼見到那疊鈔票，整個人眼睛都亮了。

「這些錢都是我的啦！哈哈──」他反覆擺弄那些鈔票，用力往上一灑，享受被錢砸的快感，甚至開始做起一夜暴富的美夢。

「不如把現在看到的全記錄下來，回去的時候就可以早一步做到。別說買一間房了，買下一整排都沒問題。」戴哲尼越想越開心，沉浸在變成有錢人的幻想中，直到瞥見海翼傳來的那些資料才回過神。

「雖然很想回去，但現階段拿錢就得辦事，得開始想怎麼接近陸思琪才好……」

戴哲尼決定從調查陸思琪的生活下手，這段期間已經學會使用手機上網。

他也明白人們交友的方式與他的年代大不相同，流行各種社交軟體，任何事情都放上網站分享，吃了什麼、去了哪裡、今天心情好不好都能說。

他透過關鍵字找出陸思琪所有的帳號，花了點時間將全部平臺註冊一次，並向陸思琪申請好友。

「怎麼這麼多啊……這樣就能交到朋友嗎？」戴哲尼等了一段時間，終於在其中一個平臺取得對方同意的通知。

過了第一關，接下來就能看到更多的細節，看完後戴哲尼神色變得凝重不已。

「陸思琪的生活真的是有錢人才會過的日子，吃穿用都很貴，難怪海翼會被甩。」

戴哲尼雖然隱約覺得海翼不缺錢，但是按照已知的原因，他猜想海翼可能是身家配不上對方導致。

「不行不行，得找他加碼，不然這筆十萬一下子就花光光了。」戴哲尼煩惱同時，已經前往海翼所待的防疫旅館。

海翼收到戴哲尼的視訊來電請求感到不解，點開就看到對方親切到可疑的笑容。

「你不是應該要去幫我尋人嗎？來這裡做什麼？」

「我來送水果給你吃啊。」戴哲尼拎袋子笑容親切無比，讓海翼看得頭皮發麻。

「還有呢？」海翼冷冷地問。

「陸思琪的一切都在掌握中，但是如果不建立富二代形象，她根本不會理我。」

「這就是要我加錢的意思吧？」海翼雖然早猜到可能性，聽到時還是有點不開心，這傢伙真的太得寸進尺了。

「對啊，不加錢我上哪去弄那些行頭，金錢雖然買不到愛情，但是沒有金錢卻會澆熄愛情。」

這番話似乎打中海翼最在乎的癥結，海翼思忖幾秒就妥協了。

「我明白了，該買什麼就買吧，找我報銷就好。」

戴哲尼聽到能順利追加經費，笑容又更大了些，加深他對海翼的果斷特別有好感。

「你真爽快！我也不是坐地起價的人，你現在砸的錢就當作是投資。」

「投資？」

「有了找陸思琪的經驗，我們可以成立偵探事務所啊！專門幫人搞定疑難雜症。」

海翼冷著一張臉無情反駁道：「喝杯牛奶，何必養一頭牛？」
「相信我就對了！賺錢這種事，我有絕對的靈敏度。」
「等你搞定，之後你要成立公司基金會都隨便你。」海翼不想跟他浪費時間，只想快點解決陸思琪的事。
戴哲尼則豪氣地說：「免！沒這麼複雜，到時候我們就是合夥人的關係，你當總裁我當社長。」
「合夥人？」海翼不知為何會扯來這裡，面對戴哲尼天馬行空的建議，搞得只能失笑以對。
「隨便，你愛當社長就當吧……」海翼允諾他的要求後結束通話，但是腦中卻揮不開戴哲尼剛剛說的那番話。
海翼想起被提分手的那天，他們正在國外享受約會行程，卻發生自己的所有信用卡都被無端停用，接著他就被陸思琪毫不留情的分手要求，當場分道揚鑣。
海翼介意的是，陸思琪提分手時態度不對勁。他們之間本來不存在誠摯的感情，只因為長輩打算政策聯姻才會認識。
海翼經歷被分手之後，更凸顯他們本來建立的關係有弔詭之處。
海翼盯著旅館窗外的夜景不禁嘆息著：「我跟陸思琪本來就不存在愛情，想不到那個戴哲尼看得這麼透徹。」

至於得到海翼全力支持的戴哲尼，找到兩次機會接近陸思琪卻都失敗。

第一次他穿著高檔服裝，參加陸思琪友人在高檔會所舉辦的生日派對，藉此機會接近；更在這之前花了不少時間，惡補這個時代的追求招數。雖然他很不適應，仍舊很有學習精神。

若要說對陸思琪的印象，就是個有戒心、對他極為冷淡的女性。

戴哲尼使出渾身解數與她攀談，卻都被對方無情回絕。他還記得海翼說過陸思琪喜歡喝紅酒，想請喝一杯，卻以「我對紅酒過敏」的理由被拒絕。

他立即體會海翼當初被分手的感受，實在太鬱悶了。

戴哲尼事後反省，認為可能自己表現太熱情才會招致反感。

第二次他採取巧遇作戰計畫。

在百貨女鞋專櫃前製造機會，想辦法支開專櫃小姐後與陸思琪說上話。不過用的還是之前學來的那套，以再次見面的說詞讓陸思琪認識他。

可惜，陸思琪仍舊沒給他好臉色看。

「你到底是誰？」陸思琪對於他有意接近的行為滿臉嫌惡。

「我是妳的臉友ＪＪ啊！前兩天才在Peter的生日趴見過。」戴哲尼一臉受傷的解釋，換來對方更差的臉色回敬。

「管你是誰，我不認識你也不想認識你！」陸思琪丟下這句馬上離開，留下不知如何是好的戴哲尼。

後續，他也找時間透過視訊向海翼據實以報。

海翼彷彿在看一場喜劇電影笑個不停，笑得眼淚都流出來了。

戴哲尼沒想過這人會有笑得這麼快樂的時候，雖然是建立在自己的羞恥上。

「笑吧、你就儘管笑吧。」

「沒想到她有這一面。」海翼抹抹眼淚，回話時還笑岔氣。

「她就是不把我放在眼裡啊！不過我的存在感有這麼低嗎？」

「我是不知道你的存在感高不高，但是我知道你花的錢很高，這些我都得扣回來。」

戴哲尼心急地說：「我能做的都做了！陸思琪眼光很高，我又不是真的有錢人……」

「有本事的人找方法，沒本事的人找藉口。」

急轉直下的氣氛讓戴哲尼有些惱怒地喊：「你自己呢？為什麼會被她用這麼瞎的理由分手？一定也是沒錢的關係吧？」

海翼頓時心口一陣痛，不想承認但也無法否認，只能維持無情態度說道：「關你什麼事？反正你沒做好就是扣錢。」

海翼丟下這句話就切斷通話，戴哲尼則在之後才連忙清算金額，才意識到為了陸思琪，他幾乎是賠錢的狀態。

「虧死了！這一單很不划算，我得在賠錢之前趕快想辦法回去。」

一點都不想負債的戴哲尼，集中精神想著該如何解決，靈光一閃想起發生之初，騎車經過的那座大橋。他只猶豫一下下，決定趁著大白天前往那裡。

雖然已經過了二十二年，那座大橋附近的風景有不小的變化。

戴哲尼來到事發地點，停妥電動車在原地徘徊一陣，最後靠著橋邊往下看。

「既然醒來的地方不能回去，如果從出事地點跳下去，說不定有效。」他看著橋下波光粼粼的水面沉思。他不忘摸摸身上的手機與筆記本，如果能順利回去就會是發財的寶典，不過在這一刻卻遲疑了。

「可是我這樣突然離開的話，海翼會不會難過啊？如果沒有他的話，我就沒有錢跟住的地方，而且陸思琪的任務沒做完就跑……」

戴哲尼短暫的遲疑，隨即被金花阿嬤的身影取代，連忙搖搖頭說：「不過我剛剛已經有留道別的訊息給他，希望他可以諒解。」

他決定站上橋邊的護欄，卻因為高度與不安遲遲沒有動作。

「可是，萬一摔死怎麼辦？我居然現在才想到這點……」種種的不安讓他無法下定決心，就這樣看著河面發呆。

「戴哲尼——！」遠處傳來有人呼喊的聲音，他回頭一看，發現居然是失蹤好一陣子的福德哥。

「福德哥！好幾天都沒看到你，你有看到我留的字條嗎？」

「有啊！對了對了，我有個很重要的葫蘆掉下去，你可以幫我撿嗎？」福德哥一點也不想跟他廢話，指著橋下說道。

過於積極與主動的態度讓戴哲尼很困惑，就在他想問清楚已被對方往前推。

「下去撿？現在？」戴哲尼根本來不及反應，他還想跟福德哥多說幾句話，對方卻不斷推他，就在快要失去重心往下掉時，突然有股力量從後面環抱住他。

「先生！不要做傻事啊！不管發生什麼事，都不能這樣想不開啊！」一名男性緊緊抱住他，力道之大讓戴哲尼無法掙脫。

「我沒有、你不懂啦！快放手！福德哥幫我——」

戴哲尼奮力掙扎卻發現，剛剛還在身邊的福德哥已不見蹤影，也因為一時鬆懈被對方扯回橋上雙雙跌坐在地。

「林懷恩？」戴哲尼終於看清拉住他的男人，對方則不敢置信地看著他。

「戴哲尼？」林懷恩怎麼都沒想到自己救下的人，是那個開朗活潑的人。

戴哲尼則一言難盡地看著他，心想這下有得解釋了。

◎

林懷恩就怕又出差錯，將人帶到附近的公園坐下，決定花點時間跟對方談談。

「這算是第三次見面了吧？所以我們也算是朋友了。戴哲尼，如果你有什麼困難可以跟我說，我能幫忙的一定幫。」林懷恩想起剛才的情形餘悸猶存，認真說道。

戴哲尼望著他，無奈笑著回：「這件事誰都幫不了我。」

「你不說出來怎麼知道？」

戴哲尼感受到對方真誠的擔心，一時心動問道：「假如，你睜眼發現自己不在原來的世界，你會怎麼做？」

對方的提問超出林懷恩預想範圍，不解反問：「是電玩遊戲還是科幻電影的劇情？」

戴哲尼從他的反應就知道自己遇到的事，說出來不會有人信，他也不想徒增林懷恩的困擾，決定不說真相並落寞地看著前方低語：「我也希望是遊戲，如果可以重來該有多好……」

林懷恩看他不願多說決定不追問，輕拍他的背好聲安慰。

「不知道你有什麼困難，但是你還有阿嬤要照顧不是嗎？不然……我們加個line，隨時都可以找我聊，不然——等一下再請你吃個臭豆腐。」

「嗯，謝謝了。」戴哲尼因為他的溫柔體貼大受感動，馬上答應對方的要求，他的好友通訊錄，就這樣又多了一個人。

◎

「唔——」海翼做惡夢了。

每當他不安、感到孤獨時，兒時走失的惡夢就會跑出來，雖然在模糊的夢境裡，會看到一個令他安心的身影，但是這道身影很快又消失無蹤，令他失落加倍。

他因此驚醒，情緒還沒平復就看到戴哲尼傳來像是訣別的訊息。

「什麼叫很高興認識你，輕輕的我走了？要走去哪？」

海翼壓不住擔憂，馬上撥打視訊電話給對方，戴哲尼立即接通令他安心不少。

「我問你，你傳那些是什麼意思？」但是，他的語氣仍然不太好。

「喔……沒啦，我只是看你還記不記得〈再別康橋〉。」戴哲尼努力掰藉口好不讓他起疑，他與林懷恩聊完就散會回家，要不是海翼來電，早就忘記自己傳的訊息。

「你有病喔！」海翼忍不住罵道。

戴哲尼聽到他的怒罵，居然感到一陣輕鬆笑著反駁：「你才有病，大半夜不睡覺打給我，查勤嗎？」

「對啦！我就看看你有沒有跟別人亂搞。」海翼沒好氣地回覆，聽著他如往常的口吻，不安感也驅散了。

「我是能跟誰亂搞啊？」戴哲尼此時笑得更大聲了。

海翼聽聞，心裡冒出一些他不清楚是什麼的感觸，更無法解釋的是，居然把夢裡那道身影與戴哲尼重疊。

「你沒有女朋友？」海翼不知道自己為什麼突然想問，讓他更忐忑的是，擔憂對方的回答會讓自己失望。

「沒有，我賺錢都來不及了。」戴哲尼盯著手機，不禁思考為什麼話題會變成這樣？不過，至少成功轉移話題順勢跟對方聊下去。

海翼聽到期望中的答案，發出連他都沒察覺的吁氣，好奇心驅使之下又問：「那……如果有時間呢？」

「你為什麼突然問這個？」戴哲尼越來越不解，覺得現在的海翼有點反常，跟平時自信滿滿的樣子不同，反而像是隱約透露著孤獨與不安。

「沒，我就睡不著，閒聊。」海翼回神，故做鎮定說道，驚覺自己的反常。他有一瞬間居然不希望戴哲尼心裡有別人，這念頭太怪，自己都覺得莫名其妙。

「就算有時間，也要遇到喜歡的人吧？」沒察覺異狀的戴哲尼隨即回應。

「這樣的話，你喜歡什麼樣的人？」直到這個問題說出口，海翼才發現心裡好像被揪住一樣，不斷暗自反問為什麼突然想問這個，又為什麼很在意對方的回答。唯一能解釋的，就是自己剛從惡夢裡掙脫，想找個人抒發揮之不去的陰影。

戴哲尼則被問到當機一樣遲遲沒有回答，腦海卻閃過之前做過跟海翼差點接吻的夢，頓時呼吸急促。

雙方各懷心思，卻同時保持沉默。

海翼覺得氣氛被自己搞得很尷尬，連忙轉移話題：「啊，我想睡了，你也早點睡吧。」

不等戴哲尼回覆已匆匆結束通話，戴哲尼聽見斷訊的提示聲才回神，急促的呼吸、加速的心跳，讓他無法釐清到怎麼回事。

「只是聊聊，為什麼會這麼緊張？而且海翼問這些怪問題要做什麼？」他想了又想喃喃著：「可能我發的訊息讓他很在意吧？一定是因為他對我有恩，所以才會有這些奇怪的感受。好吧，至少幫他完成任務後，再來想怎麼回去好了。」

他摸摸胸口，想替自己剛才奇怪情緒解釋，卻發現無法說服自己感到煩躁。下定決心的戴哲尼，陷入另一個苦惱中。

他想了各種可以接近陸思琪的辦法卻全被自己駁回，他就這樣在倉庫裡徘徊、苦思，瞥見角落有一把沒看過的玩具槍，注意馬上就被轉移了。

「哎？這時代連吹泡泡都可以搞這麼有趣？」

戴哲尼一下子玩心大起，拆開那把泡泡槍跑到倉庫外玩。

外頭的天氣正好，被他吹出的泡泡被陽光照得閃閃發光，戴哲尼難得體會到快樂，也暫時忘卻陸思琪的事。

當他沉浸在飛舞的泡泡群，遠遠就看到有個人拖著行李箱朝他走來。

「誰啊？」戴哲尼正疑惑這個舊倉庫不是說不會有人來嗎？

直到泡泡散去，戴哲尼才看清楚對方是海翼。

對方無預警的現身，讓戴哲尼喪失短暫幾秒的思考能力。

從最初就只透過手機才能見到面的人突然出現，他才意識到自己從沒有心理準備，見到本人的時候會是什麼心情。

話說回來，這樣說來就來，都不事先通知一聲嗎？

海翼本人原來這麼……讓人移不開目光嗎？

「我們終於見面了啊！」

戴哲尼揚起嘴角笑著歡迎，對他來說這還真的是驚喜。

他的視線盯著海翼，大概是確認對方真的存在，另一個原因……

他不知道、他只想知道為何心跳變得很快？

「我可沒允許你這麼肆無忌憚地盯著我看啊。」海翼回應不怎麼客氣，但是對於戴哲尼態度感到舒坦。

雖然剛才看到對方拿著泡泡槍在玩的樣子感到困惑，但是他並不介意，反而覺得有點有趣。

「啊……」戴哲尼聽聞馬上回神，幾分尷尬地問：「你怎麼可以出來？」

「當然是解除隔離了。」海翼說完就拍拍他的肩膀往倉庫內走。

戴哲尼本以為對方只是短暫停留，不料到了晚上也沒有離開的跡象。海翼正愜意地躺在沙發上看雜誌打發時間，適應的速度相當快。

「你不回家啊？該不會要在這裡過夜？」戴哲尼終於壓不住心中的疑惑問道。

「沒人會期待我回去，你也管太多。」海翼冷冷看他一眼，繼續翻看雜誌。

「當然、當然，你要待多久都行。」戴哲尼雖然很介意他說沒人期待的意思，也明白這是海翼私事，過問太多萬一惹對方生氣刁難，斷了自己收入來源可就麻煩，他很識相就此打住。

「陸思琪的事，接下來打算怎麼做？」海翼停下翻雜誌的手盯著他問道。

「唉？你都已經解除隔離，可以自己去找她吧？」

「不方便。」

「蛤？為什麼？」

「你不用知道，我要你出面就好。」海翼隱瞞的態度讓戴哲尼很不解，況且這件事對戴哲尼來說有太大的難度了。

「本來我覺得這不是多難的任務，但是接觸陸思琪幾次，以我這種身分接觸她根本高不可攀。」正當戴哲尼已做好被海翼砲轟的準備，對方卻是掏出一張名片給他。

「你假冒這個富二代身分接近她，還有這些衣服配件都可以給你搭。」海翼順手打開剛才拖進來的行李箱，裡面全是高檔的配件、衣服、鞋子。

「哇！」戴哲尼雙眼閃閃發光，一股腦全拿起來想試穿，卻發現異樣的感覺，轉頭就與海翼對上視線。

「你、你別看。」戴哲尼伸手遮住自己的胸前與下身。

「我才沒興趣——」海翼翻了個白眼想反駁，卻被屋外突然一陣閃光、響雷打斷。

「打雷了！」戴哲寧馬上露出喜悅，抓起早就準備好的高爾夫球桿往外跑。

「喂！你要幹麼啊？」戴哲尼的舉動太過莫名其妙，海翼先是一愣，回神後立即起身追出去，映入眼簾的卻是難以理解的畫面——

第三章 前略，其實我來自過去

「終於等到這個時刻了！來啊！劈我啊！」戴哲尼雙手高舉仰頭大喊，天空像在呼應他似的，打雷、閃電，緊接著還下起滂沱大雨。

海翼無法放任這麼危險的行為在眼前發生，顧不得被大雨淋溼，扯住戴哲尼想往屋內走並急喊：「你瘋了嗎？你想被烤焦嗎？快進去。」

「你別管我！不要妨礙我！我要回去！」戴哲尼焦躁地推開他，又恢復雙手張開的姿勢。

「打雷閃電的，你能回去哪？」海翼見對方根本不想理會，想直接抱起對方進屋。戴哲尼根本不聽勸，甚至覺得海翼是個阻礙，直接與對方扭打起來。

海翼眼見再這樣下去會沒完沒了，直接將他扣住，施展俐落的擒拿術一下子就制伏戴哲尼。

「很痛！我放棄、我投降！想、想不到你會這招啊。」戴哲尼狼狽地被壓制住，全身傳來被錯位般的疼痛。

「我也沒想到得對你這麼做，你到底在想什麼？想把這裡變成凶宅嗎？」

「我只是想借閃電的力量回去我的時代，我現在只想到這個方法。」

「你的時代？你到底在說什麼？」海翼見他又在掙扎，力道又加大不少。

「我是從二〇〇〇年穿越過來的，我必須找到辦法回去，你快放開我！」

「你剛剛說什麼？」海翼聞言一臉呆滯，壓制的力道也鬆懈不少，讓戴哲尼抓到機會立即掙脫。

「呃……沒……」他沒想到自己會說溜嘴，慌亂的思緒裡臨時擠不出解釋，任憑大雨淋得渾身溼透，與海翼大眼瞪小眼。

「先、先進去吧……」不知怎麼化解尷尬的戴哲尼，轉身就走進倉庫。

此時又一陣打雷、閃電劃過天空，彷彿正為了失去一個可能回去的機會而失落。

回倉庫的兩人先後換好衣服，戴哲尼彷彿丟了魂動作緩慢，髮梢還沾著水珠。海翼看不過去，主動拿起毛巾替他擦乾頭髮，期間指責不斷。

「穿越？以為拍電影啊？突然跑去淋雨小心禿頭！」海翼說罷，手勁故意加強不少。戴哲尼雖然已冷靜下來，並對海翼主動替他整理的舉動有些意外，但是那張不停損人的嘴讓他越聽越不爽，直接搶回毛巾想自己來。

「我弄就好啦！一直罵、罵不停……」

戴哲尼剛抽走毛巾，海翼敏捷地抓住他的手，帶著質疑目光注視他低語：「淋過雨腦袋有沒有清醒點？穿越這種事也太瞎了。」

戴哲尼用力抽回手，一臉委屈：「我真的是從二〇〇〇年元旦來的。」

「二〇〇〇年元旦？」海翼正想追問，眼前卻突然一片黑，瞬間什麼也顧不得，失了冷靜，略顯慌張地伸手亂抓。

「停、停電嗎？」海翼藏不住對黑暗的恐懼，一旁的戴哲尼相對冷靜許多。

「應該是跳電，你等等。」在黑暗中，海翼只聽得見戴哲尼老神在在的步伐聲。

「蠟燭呢？這裡有嗎？」因為看不到動靜，海翼口吻相當焦躁。

「沒有，但是有螢光棒。」戴哲尼說完同時，手上出現幾個閃耀的亮點。

雖然範圍有限，但足夠讓兩人不必摸黑，他將其中兩支螢光棒遞給海翼。

「謝了。」海翼接過螢光棒，情緒鎮定許多。

雙方為了適應黑暗，有段時間沒有交談。

這陣突如其來的黑暗，讓海翼勾起內心深處最恐懼的陰影。他看著螢光棒，不禁想起兒時走失的回憶。

他永遠記得，那個滿是人潮的地方，還是小孩的他穿過正在熱烈歡呼的人們。

那是個所有人都深刻記得的跨年夜，從二十世紀準備跨越二十一世紀的瞬間。

本該開心的時刻，他的心情卻糟透了。

被人潮擠散的他正慌忙找尋爸爸，眼前的每個人看來又高又大，徒增他的恐懼。

所幸在當下，有個看來像是大學生的男性發現他的無助。

「弟弟，你跟爸爸走散了啊？」對方的口氣很溫柔，海翼卻湧起一股不想丟臉的念頭對他搖頭。

「這個會發光，拿著比較顯眼。」對方並不介意他的倔強，還給他一支螢光棒，並陪伴他直到與父親會合為止。因為時間太久遠，海翼已不記得對方的樣子，可是那人帶來的安心感，至今仍永難忘懷。

從回憶中抽回身的海翼，想到戴哲尼說的話，好奇問道：「你說你從二〇〇〇年穿越過來，那天晚上你有經過市府廣場嗎？」

「我有騎車經過，每個人都在迎接新年、超熱鬧。」

戴哲尼的回答讓海翼無聲地倒抽一口氣，雖然不確定，但是他覺得戴哲尼的聲音與那個人有點相似。

他抱著一絲希望問道：「你經過那裡時有沒有遇到什麼人或事情？」

「我當時想避開車潮回家繞路走，結果就穿越到這裡了。」戴哲尼一想起這件事，心情又盪到谷底。

海翼盯著他陷入沉思，很快又把自己心中的期望拋遠，心想，當時人這麼多，不可能有這麼巧的事，反之開始懷疑戴哲尼的說詞。

「這是什麼新的流行？劇本殺？電玩？這世上不可能有穿越這種事吧？」

承受不住質疑的戴哲尼連忙解釋：「我真的是穿越過來的！跟你說，我其實叫做何柏緯，文化大學四年級，我跟阿嬤『何李金花』一起生活。我現在一直在找方法回去，不然放我阿嬤一個人在那邊，我很擔心。」

海翼仍感到懷疑：「你該不會是為了逃避陸思琪的工作，掰的藉口吧？」

「才不是！我會幫你完成接近她的任務再回去，總有一天我會回去。等我從這個世界消失時，你就會相信我。」

海翼盯著他沒接話，對於他提到「消失」這詞心裡感到不快，更對戴哲尼自稱穿越一事，始終抱持存疑的態度。

◎

海翼決定在這間倉庫裡住下來，起初戴哲尼有些不適應，但是畢竟是他的老闆，再怎麼不願意也得接受。

期間，海翼其實對於「穿越時空」表面上不介意，其實很好奇，他有空就會偷偷上網查資料。

「當物體運行速度超過光速就會形成蟲洞，透過蟲洞就能穿越過去跟未來……」海翼一邊感嘆的確有相關科學理論存在，一邊回想與戴哲尼認識以來的種種。

「嗯……他第一次跟我視訊時，那樣大驚小怪的確很怪，而且跟我說沒手機、沒地方住……」海翼不得不承認，戴哲尼有不少跟現代脫節的用詞與反應。

一想到此人可能真的有一天會消失，心裡竟是充滿不安與不願意。

他直覺並不想跟戴哲尼分開。

因為很難得有人與他相處起來很舒服毫無距離感，加上戴哲尼天生帶著很會照顧人的本性，令他有點著迷。

因此，有過獨自生活經驗的海翼，雖然對於家務、料理並不陌生；在戴哲尼面前，刻意表現得像個什麼都不會，藉以享受被照顧的舒適感。

反正他現在是雇主，有付錢、心安理得。

對戴哲尼來說就不是這麼想，眼看海翼打算長期住下，他只能默默向快樂的自由時間道別。

不過，相處下來海翼有不少讓他感到意外的地方，看似養尊處優，其實對生活並不是那麼挑剔，就算只能吃泡麵充飢也能欣然接受。唯獨困擾的，就是海翼一丁點家事都不會做的樣子，除此之外沒什麼大問題。

「看不出來你挺會煮的，之後三餐都靠你了。」海翼很滿足地大口吃麵。

戴哲尼接受他的讚美，覺得做人不應該這麼廢便說道：「好啊，你負責洗碗。」

「為什麼？」海翼皺起眉顯然不太願意。

「要公平啊。」

「不，打掃、洗衣、煮飯、採買……通通都要你來。」海翼理直氣壯地說道，讓戴哲尼瞪大眼睛，覺得這人不可理喻。

「這不公平啊！」

戴哲尼的回應，全在海翼預期之中，他好整以暇伸出手說道：「不想做？那好，交房租。」海翼要錢的姿勢，讓戴哲尼瞬間沉默。

海翼眼見自己仍然略勝一籌，得意笑道：「就這麼說定囉？」

「是，海翼哥說的都對！」戴哲尼只能妥協，儘管心裡充滿不甘心，也加深他回去的念頭。

他想，反正總有一天他們就能分開，在那之前只能忍一忍了。

◎

趁工作空檔去茶水間沖杯咖啡的林懷恩，正沉浸在昨天發生的美好回憶裡。

「幸好有總經理，不然我這個月真的得吃土了。」林懷恩下意識摸摸收在口袋裡的手機。

昨天一早準備出門上班的林懷恩發現手機不見了。

「昨天最後一次看到手機是什麼時候，戴哲尼加好友的時候還在……又回去公司加班……說不定掉在公司裡了。」林懷恩只想得到這個可能性，便急著出門連早餐都顧不得。

「林懷恩──」他才剛下樓就聽見有人呼喚自己的名字。

林懷恩循著聲音回頭，看見對街的梁文森倚在車子旁朝他招手。林懷恩反應不過來，一臉茫然走向對方。

「總經理，你怎麼在這裡？」

「這是你的手機，對吧？」梁文森順勢將手機遞到林懷恩手上。

「為什麼……手機在您手上啊？」林懷恩捧著手機，一臉呆滯。

「我昨天在茶水間撿到的，你應該很急著在找吧？所以送過來給你了。」

「啊……謝謝總經理。」林懷恩依然維持原來的姿勢一臉感激，此刻他眼中的梁文森，簡直像個天使一樣散發聖光與溫暖。

「不謝，上車吧，我順路送你上班。」梁文森嘴角的笑意一直藏不住，雖然可以預期林懷恩的反應，實際看到時仍讓他心情大好，不枉費特地繞過來一趟。

「好，謝謝——」林懷恩坐上副駕駛座，才意識到這是被上司溫馨接送，讓他緊張得要命，甚至扣好安全帶都花了不少時間。

梁文森確認他已就緒，踩下油門往海神百貨的方向前進。

林懷恩因為緊張始終保持沉默，梁文森感覺到這孩子連呼吸都在抖。

「工作都習慣了嗎？」

「習慣了，前輩們都還滿照顧我的。」

「如果工作上又有不合理的地方隨時聯繫我，你有我的私人聯絡方式，不難找。」

「好——謝謝總經理。」

林懷恩難掩羞澀，這趟上班路途讓他頻頻感到心跳加速、呼吸急促的反應。

他已經分不清是緊張還是因為梁文森太帥氣的關係，或者兩者都有。

這現象過了一天還是沒減緩，甚至自己正對著咖啡杯微笑都沒發覺。

「林懷恩，有什麼事讓你躲在這裡傻笑啊？」東尼剛進茶水間就見到這副情景，眼底有一絲不悅，但是林懷恩並沒有察覺。

「啊，沒事，我先回去工作了。」林懷恩馬上收起笑容想避開對方，但是東尼並不想放過他。

「說出來分享一下嘛！是不是跟梁總有關啊？昨天他送你上班對吧？」

「不……」林懷恩頓時有些慌張，他都特地拜託梁文森提早讓他下車，就是為了避免誤會，沒想到還是被目擊這件事了嗎？

「還說沒有，已經傳遍整個公司了。」

「應該是看錯了，梁總怎麼可能送我上班？啊，經理我先去忙了。」林懷恩找了藉口迅速離開茶水間才鬆口氣。

被拋下的東尼已不如先前的親切，而是一臉嫌惡低語：「敢覬覦我的森森、看我怎麼對付你。」

後來，林懷恩覺得自從公司傳出梁文森接送他上班後，所有事情變得很不順。他工作量突然變得很多，平常友好的同事們似乎有意無意地，對他說話都多了幾分戒備。

他不願多想是否有關聯性，但是心裡還是感到難受。

就在他工作量多得快負荷不來時，又來了兩個同事要交代新工作。

「林懷恩，你等一下去一樓布置一下櫥窗。」

「可是我手上還有很多工作，我抽不出時間了。」林懷恩為難地解釋。這一陣子太多不屬於他工作範圍的委託，讓他覺得很奇怪。

偏偏同事們鐵了心不想退讓，另一名同事又說：「還有這箱贈品要送去九樓，你先去九樓再去一樓，這樣順路啦。」

林懷恩這下眉頭皺得更緊，暗自抱怨哪裡順路？根本繞路。

想起梁文森之前的叮嚀，他意識到是自己平時不太會拒絕，才會導致今天這個局面，那麼今天是該為這件事有點轉變才行。

「我是可以幫忙，但是請前輩們不要把工作都丟給我。還有，以後我得優先做完自己的工作，再看看有沒有時間幫你們了，不好意思、借過。」林懷恩說完後抱起得拿去地下街的物品越過他們離開，不再理會同事。

直到林懷恩走遠後，全看在眼裡的梁文森，才從走廊另一端探頭出來。

「本想出面，看來是不用，而且有把我說的話聽進去呢——」他欣慰心情全寫在臉上，望著早就看不到人影的方向低語。

◎

戴哲尼心情愉悅地抱著打折過的商品，從海神百貨的超市離開。

「太幸運了，居然遇到林懷恩，還可以用員工價打折，太划算了。」

戴哲尼想起剛才的巧遇，不禁開心得哼起歌來。讓他感到新鮮的是，第一次看到工作狀態的林懷恩，感覺特別帥。

「而且超市的試吃真大方、折扣也多，以後來這裡就對了。」

「不過林懷恩感覺好忙，看起來很沒精神，有機會關心一下他好了……」

他正思索時已返回倉庫，剛放下商品便迫不及待說道：「我今天賺到錢了。」

「賺錢？你去做了什麼？」正在舉啞鈴健身打發時間的海翼，對於那一大袋物品感到不解。

「我專挑特賣品買，超划算的，而且還遇到在海神工作的朋友，他幫我用員工價結帳，這裡全部省了一百多塊，超棒。」

海翼聞言不能苟同地說：「那些都只是噱頭，根本沒有省到。」

戴哲尼不悅地反駁：「省到就是賺到，懂嗎！」

海翼很清楚兩人想法不同，決定不繼續爭執下去，也明白對方很認真張羅兩人的生活所需，因此很多事情都不計較。

爭執的氣氛還沒緩過，居然被戴哲尼聽到自己肚子餓發出的腹鳴聲。

「你餓囉？走，我帶你去吃好吃的！」戴哲尼連忙抓起他，笑著說道。

「這麼好？要去哪裡吃？」海翼對於他居然願意花錢外食感到意外。

「海神的超市，那邊現在有一堆試吃跟折扣，很划算的。」

「我才不要！太丟臉了。」海翼聽聞想掙脫拒絕，但是不停歇的腹鳴讓戴哲尼忍不住大笑。

「走啦、走啦！有我陪你，不丟臉。」戴哲尼不理會他的抵抗，抓著人就往外走。

肚子是不餓了，但是用這種方式解決一餐，海翼打定主意絕對不會讓其他人知道，實在有失面子。

「你把省錢的心思花在陸思琪身上的話就好了。」兩人吃飽後在回程的路上，海翼沒好氣說道。

「我有在想啊！改個方式好了，帶她去重溫兒時的夢，帶她去遊樂園。」戴哲尼的提議只換來海翼一臉鄙視否定。

「你把她想得太簡單了。」

「我更不懂你為什麼要執著接近她。」戴哲尼以相同鄙視的眼神回應。

海翼一言難盡，沒打算針對這個疑問解釋，兩人沉默著又走了一段路。

「你直接用富二代的身分去色誘她好了。」海翼突然說道，換來戴哲尼一臉詫異。

「你居然要我色誘她？算什麼男友啊？」

「我要在關鍵時候出現救她，這麼帥氣登場，可以找到機會跟她好好談談。」

「這個犧牲太大了！根本羊入虎口。」

「雖然方法狠了點，但是成功率不低。」海翼見他猶豫的樣子接著說：「我加錢。」

戴哲尼聽到有錢，立刻換上笑臉說：「好。」

「你真的愛錢如命欸，這種條件就答應。」海翼對於他的現實，不禁笑出聲。

「我愛錢但我有原則好嘛！是因為你我才願意，不然再多錢我都不幹。」

海翼忍不住多看他幾眼，戴哲尼的說詞還真的讓他感到被重視。

「而且我打定主意，在我回去之前一定會幫你解決你跟前女友之間的事。」

海翼的感動馬上被這番話打散，不管是不是真的，他不喜歡戴哲尼老是把準備離開的想法掛在嘴邊。

因為戴哲尼是他極少數相處起來毫無顧慮的人，無論是朋友或家人，都沒人給過他這麼自由又快樂的感觸，他甚至在思考要如何打消對方想離開的念頭。

「又來了！我看還是找個時間帶你去檢查腦袋好了。」

「你不信不代表這件事不存在！」戴哲尼對於他始終不信感到氣惱，並越過他往前走不再理會。

尾隨在後的海翼悄悄露出寂寞的眼神盯著他的背影。

好不容易遇到一個讓他不再感到寂寞的人，無論穿越的事情是否為真，他就是不希望戴哲尼離開他。

◎

儘管兩人想法相左，關於陸思琪的事倒是一致，加上海翼推波助瀾，以富二代身分重新上場的戴哲尼，這次很順利約到對方見面。

雖說他對於第一次就約在健身房見面，好像哪裡不太對，又猜想可能是這個時代的流行，所以很快就把疑慮抛開。

一切照計畫進行，戴哲尼全身名牌運動服與陸思琪見面，對方顯然平時也是做了不少鍛鍊，穿著凸顯身材的緊身運動服，讓人忍不住多看幾眼。

「陸小姐久等了。」

「沒事，是我提早到了，走吧。」陸思琪對他還算客氣，與先前拒人之外的態度截然不同，這讓戴哲尼稍微安心點。

陸思琪領著他往內走，將人帶上拳擊臺後就站在場邊，沒有繼續往前的意思。

這讓戴哲尼猶豫，但是應對上依舊保持鎮定。

「原來妳喜歡拳擊啊？也行，我也練過。」

陸思琪沒有接話而是掛著微笑，朝臺上扔了一組拳擊手套。戴哲尼看到一名體格比他壯碩許多的男性爬上拳擊臺，他才驚覺發展不太妙。

「陸思琪，妳這是什麼意思？」

「我喜歡威猛的男人啊，你不是要展現給我看？來吧。」陸思琪的笑容很美，對戴哲尼來說只感到頭皮發麻。

面對危機逼近，戴哲尼暗自抱怨這一單真難賺，卻也激起他不想認輸的心情。

他戴好手套，不顧一切朝那名壯碩男人衝去——

等到海翼按照原訂計畫出現時，看見的是戴哲尼在拳擊臺上一臉鼻青臉腫，被一名壯碩的男性壓制在地，並與陸思琪對峙中。

「隨便拿個名片，就以為我會上當嗎？換了這麼多身分接近我，我應該叫你什麼名字？」陸思琪冷冷問道，一開始的客氣態度已不復見。

「妳耍我？」戴哲尼不停掙扎想起身，換來陸思琪更冷的眼神。

「是誰耍誰？」陸思琪向那名壯碩男性用眼神示意，對方頷首隨即舉高拳頭準備往戴哲尼臉上揍。

戴哲尼深知躲不開索性閉上眼，本能抱住頭做最低限度的防護。但是經過數秒之後預期的疼痛並沒有出現，而是聽到海翼的聲音。

「戴哲尼，你還好嗎？」

戴哲尼睜眼就看見海翼擋在他身前，那名壯碩的男子已經被他制伏。

「撐得住……」戴哲尼的意識很混亂，已無法思考剛才發生什麼事了。

「才想說你怎麼會突然出現，原來他是你找來的？」陸思琪馬上釐清狀況，指著海翼憤怒罵道。

「是又怎樣？就是想讓妳也體會被耍的滋味。」海翼護著渾身是傷的戴哲尼，原本的計畫早就不在乎，他沒意料到的是陸思琪會狠到這種地步。

「沒想到你會墮落成這樣，證明我當初跟你分手是對的！」陸思琪氣得拔高音調指責，提到分手這個詞，海翼的怒氣就更盛了。

「以為只有妳想提分手嗎？我告訴妳，我早就想跟妳掰了！妳從頭到尾根本就只為了錢才接近我。看到我沒錢就逃得比誰還快，妳未免也太現實？」

海翼不等對方回應，帶著戴哲尼馬上離開，他已經不想與陸思琪有任何牽扯，他只想快點帶人回去包紮。

回程路上，戴哲尼視線一直落在海翼身上，問道：「好不容易可以跟她說話，你這樣罵完就跑，不覺得可惜嗎？」

「你都被打成這樣，我還能跟她說什麼？」

「可是你花了這麼多心力跟錢，而且不是說有事情想釐清？」戴哲尼一想到還是覺得可惜。

「能跟她當面切乾淨就夠了，至少確定我的判斷沒錯。」海翼臉色一黯低聲說道。

「什麼判斷？」戴哲尼忍著疼痛問道，他從海翼的眼神裡發覺，不是只有單純要說清楚，他與陸思琪之間似乎還有其他恩怨。

「沒事，這件事到此為止，我跟她沒任何關係了。」海翼搖搖頭沒正面回應，戴哲尼也就尊重他不再追問。

戴哲尼現在滿腦子想的都是剛才對方衝出來護航的樣子，覺得對方太帥，帥到他一想到就心跳加速。

戴哲尼暗自咒罵自己時機完全不對，這種時候心動個屁啊！卻還是控制不了從心裡湧出的好感。

◎

回到倉庫，海翼檢查對方的傷勢後，才發現遠比他想像得還要嚴重。

「我叫你色誘她，不是去被揍！一看就知道打不贏，你怎麼不跑啊？」海翼出自關心的言語，聽在戴哲尼耳裡就是責備，已經又痛又鬱悶的他感到委屈。

「對、我就笨！讓你有機會出來當英雄。」

海翼看到他那雙可憐的眼神，意識到此時不該落井下石，雖然姿態馬上放軟許多，可是一時拉不下臉，讓氣氛有些尷尬。

「我幫你擦藥。」海翼拿著醫藥箱說道，試圖藉此緩和氣氛。

戴哲尼沒有拒絕，乖乖讓他上藥。

「本來就長得不怎樣，現在被毀容更沒人要了。」海翼還是壓抑不住心急，說出口的話卻都很不中聽。

「我都已經傷成這樣，你一定要這樣說嗎？」

海翼看著他一會兒，覺得自己好像多說多錯，決定閉嘴專注上藥，只是過程只能用笨手笨腳來形容。

戴哲尼念在他難得對自己溫柔，忍耐他不怎麼靈巧的手法，直到對方的手指不小心蹭過傷口，痛得倒抽一口氣為止。

「嘶——痛、痛！」

「對不起、對不起、我沒做過這種事……」

「唉啊！我教你，擦藥要這樣弄。」戴哲尼明白他並非故意，搶過藥膏自己上藥。

海翼盯著他的動作一副認真學習，戴哲尼被盯得很不自在索性別過臉，想起剛才覺得海翼很帥的念頭，原本平靜的心跳又開始變快。

海翼眼見擦完藥又溫柔地檢查一次，還在各個傷處吹氣直說：「小時候這麼做過，把疼痛吹走。」

這個舉動讓戴哲尼一度懷疑自己的心臟會跳到爆炸，他來不及制止。

海翼並沒有察覺他怪異的臉色，只顧著他身上的傷勢。

「我去幫你弄冰敷袋。」海翼說完後就往倉庫另一側走，憋到極限的戴哲尼終於有獨處的空檔才鬆口氣。

他趁著海翼不注意輕拍自己的胸口，不斷大口呼吸，費了不少力氣才冷靜下來。

正在弄冰敷袋的海翼站在對方看不見的位置，悄悄露出愧疚的神情。

「怎麼能讓他遇上這種事呢……」

他與陸思琪交往到分手，牽扯著複雜的利益因素，所以他才對這件事緊抓不放。如今跟對方正式決裂，已無重新對話的可能但他不在乎，他懊惱的是意外讓戴哲尼受傷，現在他唯一能做的就是盡力照顧他。

所幸戴哲尼不太折騰人，處理好傷口後，因為過於疲累陷入昏睡狀態。

直到深夜，海翼確認對方傷口沒有發炎而導致發燒的現象，才稍微鬆懈下來。

他盯著戴哲尼的睡臉，想起先前對方提過穿越之前的身分與名字，他心一動連忙拿起手機低語：「來查查看，他說叫何柏緯……念文化大學……」

海翼輸入關鍵字後跳出不少相關網頁，從眾多資料裡找到符合條件的人選。

「真的有個叫何柏緯的人，而且二〇〇〇年就被列失蹤，年紀、學歷完全符合……」海翼盯著那行資料陷入沉思，他已無法說服自己是巧合。

「真的有這種事？」他沉思許久，隨即按下手機通話鍵。

這通電話並沒有讓他等太久，對方很快就有回音。

「Sam，你幫我查一個叫『何柏緯』的人，我等一下把相關資料都傳給你，越詳細越好，謝了。」

◎

自從那天勇於向同事們拒絕工作後，林懷恩後來的工作量減輕不少。

他還能抽出時間在午休時間放鬆，但是今天的他特別心不在焉，頻頻停下手想起某件事，一下子臉紅一下子糾結不已。

「我昨天不是故意的……」林懷恩很想把回憶消除，無奈越是這麼做，那件事越是反覆在腦海上演。

昨晚送文件去梁文森辦公室時，發生了他難以忘懷的事情。

當時梁文森正靠著椅子打瞌睡，他好奇湊近查看對方突然更換姿勢，意外就在這時發生。

林懷恩來不及躲開，不小心擦到對方嘴脣，給了梁文森一個蜻蜓點水般的親吻，嚇得他後退一步。

因為動靜太大吵醒對方，但是對方鎮定的樣子，似乎沒察覺剛才發生的事。

「你在啊？那是急件？要我簽名？」梁文森睡眼惺忪，緩慢說道。

「對、對，請簽。」林懷恩急忙將文件送到他手中。

後來林懷恩已不太記得細節，拿回文件後迅速逃離現場，也因此整晚失眠。

「感覺總經理沒發現……」林懷恩想起昨天蹭到對方嘴脣的觸感，臉頰好像快燒起來的錯覺。

「怎麼會發生這種事呢？」林懷恩慶幸對方好像沒察覺。

上天似乎不想放過他，好不容易才平穩下來，遠遠就看到梁文森與職員交談並朝他走來。

「咦？」林懷恩顧不得午餐根本沒吃幾口，就地找了柱子掩護，直到梁文森走遠才鬆口氣低語：「我還沒準備好遇到他啊——嚇死我了。」

本以為逃過的林懷恩，午休結束不久，就被梁文森召喚到辦公室裡。

為什麼在這種時候被叫去呢？林懷恩不禁在心裡問著自己。

他很想逃，但是礙於對工作的責任感，他只能硬著頭皮前往。

他剛進辦公室，就看見梁文森依然被成堆工作淹沒的景象。

「你來了？桌上那個餐盒給你。」梁文森指著桌上後繼續埋首工作。

「總經理，我吃過了。」林懷恩站在原地為難解釋。

「是嗎？可是我剛剛在美食街看到你沒什麼吃啊。」梁文森放下工作說道，林懷恩瞬間失去思考能力。

「你有看到我喔？」

「嗯，有看到，你快吃。」梁文森彷彿沒看見林懷恩手足無措，自顧自催促。

林懷恩找不到拒絕的理由，順從地坐在會客沙發椅上享用餐點。

因為對方一如往常從容的態度，林懷恩心想昨晚的意外，對方一點都沒察覺。

既然這樣，他就當作什麼都沒發生過，心裡也自在不少。

梁文森此時放下手邊的工作，來到他身邊坐下休息。身軀才剛沾到沙發，疲態湧現並不斷按壓肩頸，林懷恩很難不察覺。

「總經理，你肩膀不舒服嗎？」

「嗯，這幾天太忙沒睡好。」

林懷恩見狀加快速度吃完餐盒說道：「我幫你按個摩吧！這個我很在行。」

「嗯……好啊，麻煩你了。」梁文森因為對方的主動親近，悄悄安下心來。

梁文森沒說，其實很清楚對方在美食街閃避的原因。

昨晚的親吻意外，他並不是不知道。

梁文森起初只是想惡作劇，卻意外碰到對方的嘴唇，幸好自制力夠強，沒讓對方察覺。他更擔心的是生性害羞的林懷恩會因此疏遠他，才藉故請對方吃午餐修復關係。

「等我一下。」林懷恩中斷按壓肩膀的手，突然掏出手機，按下播放鍵，一陣旋律流瀉而出，才對梁文森羞澀地解釋：「這個……是我高中時創作的曲子，可以用來放鬆一下心情。」

「嗯，我知道。」梁文森閉著眼，精神鬆懈下脫口而出，馬上就意識到說錯話，但是已經收不回。

「啊？」林懷恩茫然看向他，沒能理解這句話的意思。

「我是說很好聽。」梁文森努力保持鎮定，幸好林懷恩沒有追問。

他並不打算讓林懷恩知道自己就是資助人的事實，他只想維持現狀，做個可以守護對方安心工作的人。

因為林懷恩的出現，成了他在這繁忙又高壓的工作裡最好的慰藉。

位處高階管理的職位有太多工作要兼顧，其中還包括傾聽上司煩惱。

提拔他到今天這個位置的海神董事長海揚，一直煩惱與獨子關係不融洽的問題。

這位長年在海外唸書、年紀與梁文森相近的獨子，據說近期已經回國。

會用「據說」這個詞，是因為對方與海揚處於斷絕聯繫的狀態。

加上對方在回國之前就被海揚斷掉金援，海揚無法從刷卡紀錄查到對方的蹤跡，目前下落不明。

既然身為繼承人就有不少事務要學習，但是對方拒絕這件事鬧失蹤，成了海揚心中最大的煩惱。博得上司信任的他，最近被交付不少重要的工作。

例如，這一陣子與副董吳常山密切接觸的陸廣集團，有意與海神百貨洽談電商平臺，加入網路購物通路的計畫。

陸廣集團對此相當積極，從聯繫到出面洽談都是主動的一方，與他交涉的對象還是集團千金，可見他們對整個計畫重視的程度。

在這麼繁忙的工作中，林懷恩的體貼成了他最美好的溫暖與慰藉，多希望這一刻能長久一點。

可惜，休息時間終究得結束。

◎

若要問梁文森對陸廣集團的千金，陸思琪的第一印象——是位美麗的女性，無論是在洽談工作、展現的氣質，都能察覺出身並不一般。

「陸小姐妳好，能讓您主動邀約是我的榮幸。」

「梁總客氣了，你可以直接叫我思琪就好，我也可以直接叫你文森嗎？」

「好的，沒問題，那麼我們可以先來談談電商平臺合作的部分……」梁文森翻著資料準備切入主題，並不想去深究對方好像太過主動。但陸思琪顯然還不想。

「吳常山副董應該已經跟你提過，我們陸廣集團想合作的意願很高，在這之前我個人想先跟你交個朋友。」陸思琪說罷，投以一抹甜美的笑意。

她口中的吳常山，是海揚董事長身邊的老臣，也是促成合作的人。

梁文森隱約察覺，比起談公事，現在談更像是在……相親？

「如果妳不嫌棄，我們當然是朋友。」梁文森客氣一笑，沒有正面答應，讓陸思琪的眼神稍微變得銳利一些。

「梁文森，你是欲擒故縱還是在裝傻？」她雖然掛著微笑，但是態度比剛才還要直接。

「怎麼說呢？」

「我說的不是普通朋友，是更進一步的交往。」陸思琪的回答讓梁文森正準備開口回絕時，突然闖進一名年輕人打斷他們。

他抬頭看去，正覺得這個年輕男孩有點面熟，還沒釐清狀況，那名男孩就對著陸思琪憤怒大喊：「陸思琪妳這個壞女人！」

「怎麼又是你！老是陰魂不散！」陸思琪氣急敗壞地罵回去，顯示這兩人認識。

梁文森還在錯愕中，那名男子隨即轉向他一臉委屈說道：「我現在一身病都是被她氣出來的，這個壞女人包養我男友，還逼我跟男友分手。」

陸思琪聽聞對男子憤怒說道：「你胡說什麼？小心我告你毀謗。」

男子並不怕她，又翻開自己的衣袖，手臂上全都是青紫，梁文森見狀隨即皺眉。

因為狀況太突然，他只能繼續當這場荒謬爭執戲碼的旁觀者。

「這些都是這個女人花錢找人打我一頓造成，她真的太狠，你不要被她騙了。」

男子說完後就逃離現場，留下一片狼藉。

「文森，我跟那個瘋子根本不認識，我根本沒男友……太過分了。」梁思琪沒有追出去，而是急著向梁文森解釋。

「我明白，別緊張。」梁文森保持溫和的笑意示意陸思琪坐下，見她平靜後才說：

「我不是那種隨便挑撥就會信的人。」

陸思琪聽聞隨即安下心來，想接續聊天的情緒。

梁文森沒有拒絕，卻在別過頭喝咖啡，瞬間有幾秒陷入沉思。

「文森，我聽吳副董說，你一直都保持單身？為什麼呢？」陸思琪因為他面對剛才的混亂仍處變不驚，依然紳士的態度相當有好感，並大膽探問自己最想知道的核心問題。

梁文森朝她微笑，並不介意她的直接，腦中不禁浮現那個溫柔體貼的身影笑道：「因為我在等適合的人出現。」

◎

「戴哲尼真的就是何柏緯的話……他隨時就會離開我嗎？」

海翼打從意識到這個可能性後，內心一直平靜不下來，獨處時更是嚴重。

此時外出的戴哲尼一臉憤恨不平回來，他馬上收起情緒問道：「怎麼了？」

戴哲尼先喝掉一大口水才對他說：「我跟你說，我看見陸思琪跟一個男的在約會。」

「是喔？」已經對陸思琪無感的海翼，無法理解有什麼好生氣的地方。

「而且她約會的對象就是海神百貨的總經理！」

海翼微微皺眉，不想讓對方察覺又婉轉地問：「你怎麼確定是他？」

「倉庫裡一堆雜誌有提到他，我馬上就認出來了。不過我也沒讓陸思琪好過，我在他們面前大鬧一場，讓陸思琪尷尬得要命，幫你出一口氣。」戴哲尼得意笑道。海翼可以想像場面有多混亂，但是他並沒有指責，只是無奈笑著。

海翼並不想多談陸思琪的事，他草草結束話題，拿著手機躺回沙發。

戴哲尼忍不住嘮叨：「海翼啊，你這樣真的不行。」

「什麼不行？」海翼維持原來的姿勢，沒頭沒尾的被否定感到不開心。

「打從你過來這裡之後，不是睡覺就是滑手機上網，頂多健身。你要學會一點生活技能才行，像是打掃、煮飯之類的。」

「我們不是說好都你做？」海翼雖然很想反駁他其實自己都會，說出口肯定會被戴哲尼抓到話柄，他索性繼續當個什麼都不願做的閒散少爺。

「等我回去之後，你就得靠自己了吧？」

海翼聽到關鍵字，眉頭皺得都快打結問道：「你要回去哪？要離開我了？」

「……我是說以後。」戴哲尼被他那雙怕被遺棄的眼神動搖，語氣驀地變得輕微。

「你別走，行嗎……」海翼垂下眼低語，音量太小，戴哲尼並沒有聽清。

「你說什麼？」

「我說，反正你隨時都要走，管這麼多！」海翼意識到自己的心思連忙壓下，刻意激怒對方似地吼回去。

戴哲尼絲毫不受影響，甚至習慣他偶爾冒出的孩子氣，掛心著海翼未來一個人要如何生活，決心無論對方多抗拒，強制拉起對方學做家事。

「至少你要會這些啦！我教你。」

海翼從頭到尾都提不起勁，像個沒有靈魂的人聽他教學，從洗衣機到電子鍋的操作方法都教，戴哲尼還很有耐心地教他做菜。

海翼為了不讓對方察覺事實，刻意表現得很笨拙。

自己並不希望對方離開，想這樣一起生活下去，但是他說不出口。

不知道對方心思的戴哲尼，忙著讓海翼學會生存技能，家務全教完之後就帶著對方外出採買。

說是採買，戴哲尼又帶著他去海神百貨的超市到處試吃撿便宜。

此舉讓海翼特別反感，又不想跟戴哲尼離太遠，導致雙方一路上都在吵架。

「這個哈密瓜很貴欸，平常吃不到，你可以吃吃看啊。」戴哲尼指著前方的試吃活動說道，海翼看了一眼露出嫌惡的表情。

「又不是買不起，別老是試吃吧？」海翼很無奈，一點也不想照他的指揮，乾脆將視線往別處看。

「你是海神繼承人喔？說得這麼滿。」戴哲尼的注意力都在整個賣場上的試吃，完全沒注意到海翼欲言又止的反應。

「反正我不喜歡這樣。」海翼最終受不了他老愛貪便宜的行為，轉身離開超市，留下錯愕的戴哲尼。

「不要就不要，生什麼氣啊？整天情緒超奇怪的……真搞不懂。」

戴哲尼聳聳肩決定不理會，就在這時有人輕拍他的肩膀。

他回過頭，就看到一個穿著海神員工制服的女孩一臉甜笑看向他。

「戴哲尼，好久不見！你有沒有很想我啊。」女孩說罷還親暱地抱住戴哲尼，嚇得他全身僵硬。

這才意識到，這女孩是認識真正「戴哲尼」的人。

第四章　交錯的巧合

「妳是……？」面對女孩親暱的反應，戴哲尼很慌，他根本就不知道對方是誰。

「不是吧！你故意裝作不認識我？」

「我、我沒有。」戴哲尼急忙之餘還要顧慮不能被發現異狀，他想了想用連自己都不信的語氣回：「其實我前陣子出車禍，撞到頭，把以前的事都忘光了。」

「真的？」女孩皺著眉難掩擔心。

「真的啦，你看我連妳都認不得了……妳叫什麼名字？我是怎樣的人？」戴哲尼決定心一橫演到底，他也打算趁這次瞭解「戴哲尼」的底細。

女孩雖然抱存遲疑，眼看戴哲尼的反應不像演戲說道：「我們先找個地方坐，再聊聊。」

「好。」戴哲尼點點頭，鬆了口氣。

女孩叫魏瑟茉，對他很大方還請喝飲料，國小就認識直到高中兩人一直是同學。

「所以妳很熟我家的狀況嗎？比如我的爸媽之類的……」

「熟啊，你爸媽在你高一時候離婚，各自再婚，從那時候你都是一個人租房子住。」

戴哲尼聽聞感到悵然若失，某種程度來說「戴哲尼」的處境跟他有點像。

「我爸媽不管我了嗎？」

「沒有，你的開銷跟學費他們有幫忙出，就是零用錢少了點，得靠自己來。」魏瑟茉笑著解釋，在她眼中，「戴哲尼」生活還算過得去。

戴哲尼忍不住嘀咕：「難怪失蹤這麼久，都沒人找他……」

他能感受到這個肉體的原主人與他處境相似。

「你說什麼？」魏瑟茉沒聽清，好奇問道。

「我是說這樣挺自由的。」戴哲尼勾起笑容回應，這時他卻像在旁觀「戴哲尼」的一切又追問不少，不知不覺對「戴哲尼」產生同病相憐的心情。

◎

「那傢伙在跟誰說話？」本來想直接回家的海翼走到一半就反悔，不想跟對方分開的心情讓他掙扎一會兒又繞回來找人，卻撞見戴哲尼與一名可愛的女孩有說有笑，讓他心裡泛起一股酸澀。

「我幹麼回來呢？」海翼覺得太刺眼轉身想離開，但是戴哲尼已經發現他。

「海翼——」戴哲尼領著魏瑟茉來到他面前，因為補足「戴哲尼」的身世心情正好，一下子就忘了與對方起衝突的事。

「你就是阿尼的室友嗎？我是他朋友，叫做魏瑟茉。」魏瑟茉主動打招呼，海翼凝於情面只能虛應了事。

「她等一下就下班了，我們一起去逛夜市。」戴哲尼太習慣海翼冷淡的態度，並沒有看出異狀。

「你們自己逛比較開心吧？而且我很忙。」

「你哪有忙？每天打遊戲，明明就很閒。」

「你管我！」海翼覺得快待不住直接離開，任憑戴哲尼在後面呼喊都不願理會。

「真是的，為什麼今天一直在鬧脾氣啊……平常沒這麼難溝通啊。」戴哲尼對於他頻頻拒絕的態度，不知怎麼地感到非常失落。

一旁的魏瑟茉則一副好似看透兩人模樣，笑而不語。

海翼與戴哲尼分別後，一身怒氣回到倉庫。

原本他寄望對方能追來，可惜隨著時間流逝，對方就是沒有回來的跡象。

更讓他感到煩悶的是，滿腦子都是戴哲尼與魏瑟茉有說有笑的情景，胸口像是有顆大石頭，壓得他快喘不過氣。

發覺自己越來越在意戴哲尼的心情，除了怕對方隨時會離開，還因為一直以來的兩人世界，有外人闖入而感到不開心。

「都八點了，逛個夜市也太晚了吧？」海翼在沙發上翻來覆去，很睏又因為肚子餓無法入睡，他索性把所有的不順遂都遷怒在戴哲尼身上。

此時，不曉得自己全身上下都被埋怨一遍的戴哲尼，拎著一大堆食物歸來，頓時整個倉庫都是食物的香味。

「你還沒吃吧？我跟茉茉買了不少，要給你吃。」

海翼瞥了那堆食物一眼，肚子的確很餓，但是一聽到關鍵字本能抗拒。

「我才不吃，而且不是說穿越過來的嗎？怎麼還會有朋友？」海翼冷冷地問道。

「這是『戴哲尼』的青梅竹馬啊！他有一兩個認識的人，有什麼問題？」戴哲尼無辜地解釋。

「我看你能裝多久。」海翼因為他的態度又開始質疑那套穿越的說詞。

「你不吃就算了，不能辜負茉茉的好意。」戴哲尼決定不管他，海翼更生氣了。

「茉茉？才第一次見面就這麼親密，你該不會對她有意思吧？」海翼提高音調，語氣說有多酸就有多酸。

「才沒有，她是『戴哲尼』的朋友，又不是跟你一樣，死纏爛打。」

「我沒有死纏爛打！我是想把分手的主被動說清楚！」海翼聲量大了些，想起先前對方為了他受傷擔心好一陣子，現在被這麼指責，感覺自己的關懷被糟蹋，還突然冒出一個可愛的青梅竹馬，讓他產生會被搶走的不安感。

「你明明就勾勾纏，以為在演『花系列』喔？」

「花系列？勾勾纏又是什麼？我聽不懂，你能不能說人話？老是說些奇怪的話。」

海翼語氣越來越差，戴哲尼更不能理解他的情緒這麼大的原因。

「你今天到底怎麼了啊？陰陽怪氣的、一直對我發脾氣，我哪裡惹到你了？」

「我懶得理你！」海翼面對他的指責，居然擠不出合理的理由，他只是不想看到戴哲尼跟別人太親暱，但是這種理由他說不出口。

「我也懶得理你！一直對我發脾氣又不說清楚。」戴哲尼氣得吼回去，兩人終究沒能解決爭執，更因此進入一場冗長又折磨的冷戰。

過了一陣子，戴哲尼覺得海翼鬧起脾氣跟三歲小孩差不多。

自從吵架後，海翼沒有正眼瞧過他，總是自顧自地滑手機，什麼事都不做。

戴哲尼雖然心有怨言，又不想與海翼撕破臉，只能把所有的不滿自行消化。

於是，演變成雙方把對方當空氣，但是彼此又很在意。

到了晚餐時間，戴哲尼怕對方餓肚子，終究還是替對方準備一份餐點。本以為海翼肚子餓就會自己去吃，對方居然跟他賭氣到底，直到晚上就寢前海翼一口都沒動，這讓戴哲尼覺得很浪費。

戴哲尼看著遠處依舊滑手機的人，想到自己跟他對峙一整天，又累又莫名其妙，一氣之下決定把所有的飯菜收進冰箱。

這時海翼終於有反應，不可置信地想著：連開口求我吃還能勉強吃個幾口，要繼續賭氣是吧？好啊！那就繼續啊！哼！

海翼越想越氣，最後乾脆躺下背對戴哲尼睡覺。

離海翼有段距離的戴哲尼當然沒錯過，瞪著那抹明顯在生氣的背影嘀咕：「餓死你算了啦！不吃就不吃。」

戴哲尼被氣得毫無睡意，他左看右看發現腳邊有成堆的紙箱，他邊攤平邊看著貼在上頭的標籤，全都是海翼網路購物後剩下的包材。

「兩個都沒正職，他還這樣亂花錢買東西，真的不行，得找個工作賺生活費。」戴哲尼收拾完紙箱，拿起手機逛起人力銀行。

雖然時代不一樣，但是要找生存的方法，對他來說並不困難，很快地他就看到不少合適的職缺，最後目光落在林懷恩任職的海神百貨職缺欄上陷入沉思。

◎

一如往常忙著工作的林懷恩，已很習慣如何拿捏與同事們互動、消化工作量，但是面對明顯愛刁難自己的東尼難免感到忐忑。

他正準備送一份文件給東尼過目，才剛踏進對方的辦公室，就感受到一股與平時不同的低氣壓。

「經理，我來送下個月的設計圖……」

林懷恩話才剛說完，東尼抬頭看著他，緊接著居然換上一副哭喪的臉。

「經、經理，發生什麼事了嗎？」林懷恩嚇了一跳，對方則起身抓著他，臉上依舊是那張悲傷的神情。

「我之前誤會你了，我還以為你跟梁總有什麼關係。結果他居然跟陸廣集團的千金陸思琪在一起，真的讓我太難過了。」東尼攀住他的手，傷心欲絕地說道。

林懷恩很快就從震驚中回神，小心翼翼地問道：「經理，你……喜歡梁總嗎？」

「對啦……我從今天開始失戀了啊……嗚嗚……林懷恩……」

東尼把他當作唯一能傾訴的對象，就這樣抓著他哭訴好一陣才得以脫身。

林懷恩此時確信被上司刁難並不是錯覺，原來自己被當作情敵看待，但是聽著對方說的事情心情相當複雜。

梁文森對他的確有特別對待，讓他產生或許兩人之間可以有點什麼，如今他覺得自己好像也跟東尼一樣失落。

正當他感到矛盾，卻接到梁文森沒有說明細節的私人訊息。

「下班後……到這裡找他？」林懷恩看著只有地址、時間的內容，秉持著對梁文森的信任，猜測應該與工作有關就應允對方。

他到了現場才發現是一間價位不低的高檔餐廳，而且現場有名他沒見過的女性。

……這個人應該就是陸思琪。

林懷恩看著那名打扮光鮮亮麗、氣勢極強的女性與梁文森同桌吃飯，覺得這畫面還挺好看的，所以自己出現在這種應該是在談重要公事的場合，是很突兀的事。陸思琪看到他的出現也是相同的反應，只有梁文森坦然自若，一見到他隨即招手，示意他在自己身邊的位置坐下。

「這位是我的下屬，來、懷恩，這是陸思琪小姐。」

「妳好。」林懷恩輕聲問候時，可以感受到陸思琪並不歡迎他。

梁文森完全無視尷尬的氣氛，朝著林懷恩微笑說道：「我剛剛和陸小姐簽訂好電商合約，順便想請你吃頓大餐，做為你這幾天加班的犒賞。」

林懷恩一臉茫然，這麼重要的工作場合，梁文森怎麼會讓他參與呢？

陸思琪則不太開心地說：「你約員工加入我們的約會？」

「他不是一般員工，他是我的愛將。」梁文森的反駁讓氣氛凝結，夾在中間的林懷恩感到坐立難安。

梁文森彷彿要故意激怒陸思琪，親切地替林懷恩張羅食物還替他倒酒，林懷恩覺得不對勁卻也只能配合對方。

「梁文森！你到底在幹麼？」陸思琪按捺不住怒氣質問。

梁文森依舊氣定神閒笑回：「真抱歉，冷落妳了，我家這個小朋友需要人照顧。來、懷恩，我們一起向陸小姐敬酒賠罪。」

林懷恩摸不透也只能配合舉起酒杯，陸思琪此時已經待不住。

「梁文森！你欺人太甚了！」她丟下這句話，就拎著自己的隨身包離開。

林懷恩看到梁文森一臉得逞笑意，為難問道：「總經理，你為什麼要叫我來？還故意惹陸小姐生氣，你們不是在約會嗎？」

「這樣的話，你為什麼還過來？」梁文森看著那雙清澈的眼神，有些著迷。

「你要我過來，有你的道理。」林懷恩毫不猶豫的回答讓梁文森感到意外。

「只有這樣？」梁文森見他認真點頭，興起突然很想用力揉亂他頭髮的衝動。

最終他還是忍下來，但是掩藏不了笑意，帶著試探的口吻問道：「你希望我跟陸思琪在一起嗎？」

「呃……我……」林懷恩支支吾吾好一會兒，就是湊不出完整的句子。

「怎樣？」

「我……我……」林懷恩差點就脫口說出不希望，卻覺得自己沒資格說，隨手拿起手機說道：「我們都有喝酒，得找代駕才行。」

這轉移話題的手法真爛——

梁文森見對方低頭滑手機的身影，這麼想著。

他注意到林懷恩紅透的耳尖，明白這孩子禁不起逗弄，只好放過對方，享受好不容易拉近的關係。

◎

林懷恩沒想到的是，這晚發生的事情，隔日竟傳遍整個辦公室，而且還是加油添醋過的版本。

傳到他耳裡時，已經變成自己主動與梁文森約會並勾引對方。

要不是他碰巧經過茶水間聽到東尼與其他同事竊竊私語，他不敢想像事情會被謠傳到什麼地步。最讓他不能接受的是梁文森被誤會，顧不得整個茶水間有他的上司跟前輩，與那些人起了爭執。

「你們這樣造謠，是在破壞總經理的名聲。」林懷恩難得大聲量地喊道，讓茶水間的人突然安靜下來。

「有高層撐腰就是不一樣，已經敢大聲指責我們了？」帶頭討論的東尼，與昨天那樣失戀、對林懷恩抱持歉意的態度天壤之別，現在的他是嫉妒的化身。

「你們怎麼說我都無所謂，但是別牽扯總經理，更何況都是沒證實的事。」

同事們沒有因此收斂，甚至與他變成對峙的局面，不少人質疑他在撇清關係。就在氣氛變得更糟之前，梁文森的聲音突然打斷所有人。

「你們不上班，在這邊聊是非嗎？一起吃個飯還能被你們編出這麼多事情？」梁文森的出現讓所有人嚇得後退好幾步。

為首的東尼氣勢比剛才弱了幾分，梁文森眼神冰冷地看著他問道：「吃個飯就傳成這樣，我問你，上週我順路開車送你回家，有發生什麼事嗎？」

「沒有……」東尼低著頭畏縮地說道。

「還不回去工作？要繼續在這裡聊八卦嗎？」梁文森喝叱後，所有人迅速離開茶水間。林懷恩本來也想跟著離開卻被梁文森拉住手，用眼神示意他留下。

等所有人都離開，梁文森才說道：「跟我過來。」

他被梁文森帶到百貨內附設咖啡廳，看著剛送上桌的飲料不禁想著，又被梁文森請一次了。

自己好像被對方當小朋友看待噢——這麼說來，他跟梁文森到底是什麼關係呢？

「謝謝總經理幫我解圍。」林懷恩雖然有滿滿的疑惑，對於梁文森出面解圍仍心存感激。

「就算我沒出面，你也可以處理好吧？剛才的反應讓我刮目相看。」梁文森那雙充滿讚賞的眼神，讓林懷恩略感害羞不知把眼神往哪擺，最後還是看向對方。

「我只是記得你之前跟我說的，光只有善良是不夠的，人不要毫無底線。」

林懷恩誠懇認真的回答讓梁文森的笑意藏不住，又想多逗他一下問道：「你的底線是什麼？」

「你啊——」林懷恩話說一半連忙閉嘴，一個不小心就洩漏自己藏在心裡已經轉為崇拜與愛意的心思，就怕因此搞砸兩人的關係。他腦子快速地想了一遍，用著心虛的口吻說：「我意思是，你是公司的總經理，他們不能亂說話。」

梁文森很清楚這是藉口，雖然很想探究真實的想法，顧及對方容易害羞的個性就此打住。

現在他感到最開心的是，林懷恩很明顯的成長許多，卻還維持他最著迷的溫和與善良，忍不住伸手摸摸他的頭以茲鼓勵。

林懷恩被他摸得臉頰發紅，心中再次浮現剛才的疑問，他們現在是什麼關係呢？非常要好的前後輩關係嗎？

或者……有機會更進一步呢？

林懷恩一想到此，又開始心神不寧了起來，甚至心跳加速。

戴哲尼已經懶得算自己跟海翼到底吵多久，他現在也無心思考這件事，而是魏瑟茉跟他提點的事。

◎

他從外歸來時，視線忍不住落在總是窩在沙發上滑手機、無所事事的海翼身上，對方很快就察覺。只要雙方四目交接，戴哲尼就會裝作看其他地方。

就在他為自己找到安靜的空檔，思緒再次飄回不久前與魏瑟茉見面的情景。

他為了找工作與魏瑟茉見面商量，對方是個很直率、很講義氣的女孩，馬上答應要替他留意職缺，但是話題不知為何卻轉向海翼與他的關係。

「你跟海翼是不是在交往？」魏瑟茉單刀直入的提問，讓戴哲尼嚇得瞪大眼睛，好像心底某個祕密被撞破，又困惑對方怎麼會誤解。

「哪有？妳別胡說。」

魏瑟茉聽聞皺眉解釋：「可是你們上次說話的時候不像一般朋友，你們互看對方的眼神，嗯……很在意彼此，我以為你們在交往。」

「妳誤會大了，我們不是那種關係。」戴哲尼很努力地否認，他無法理解的是魏瑟茉眼中的他們，居然會讓人產生這種誤解？

「是嗎？可是你們互看的時候，是戀愛中的心心眼欸，我又不是沒看過你談戀愛的樣子就是那種臉。而且海翼看到我的時候眼神超凶，你都沒發現因為跟我說話，所以他在吃醋嗎？」

「是這樣嗎？」戴哲尼看著魏瑟茉許久，發覺從那天起，海翼常常莫名其妙地對他發脾氣，老是欲言又止的反應，提到魏瑟茉就臉色極差，原來是在吃醋？

「妳不會排斥嗎？我是說跟同性談戀愛……」

對戴哲尼來說，他所待的年代不是這麼開放，怎麼現在從魏瑟茉的反應看來，是很稀鬆平常的現象，二十二年的時間變化有這麼大嗎？

「拜託！都什麼時代了，同婚都合法了，你怎麼還在顧慮這種事？」

魏瑟茉聳聳肩一點也不在意，卻讓戴哲尼直到散會返回倉庫為止，整個心思都落在這件事上。

因為想得太入神，連自己都沒察覺自己用著相當熾熱的目光盯著海翼。

海翼打從戴哲尼回來後，注意力都放在他身上。

直到戴哲尼失神地盯著自己發呆，他實在忍不住輕咳幾聲讓對方回神。

「啊——」戴哲尼用極小的音量輕呼出聲，馬上將視線轉開隨手拿了收拾一半的紙箱拆開裝忙，但是看到箱子上的網購標籤，他才想起最初找魏瑟茉的原因。

「你能不能別再亂花錢？」戴哲尼看著成堆紙箱相當憂慮。

海翼皺起眉，以為剛才被熱切注視有和好的機會，戴哲尼卻是在對他說教？

「你這麼多天不理人，開口就在訓話是什麼意思？你還不如多去關心那個茉茉。」

海翼臉上寫滿不悅，戴哲尼則沉默盯著他好一會兒。

他發現海翼莫名又把話題帶到魏瑟茉身上，想起魏瑟茉提過海翼看她的眼神很不友善，種種跡象的確是在吃醋，而且像是帶著有戀愛好感成分的那種。

「海翼，你該不會在吃茉茉的醋？」

海翼隨即倒抽一口氣惡狠狠回罵：「我哪有吃醋？你少自以為是了！對你一點感覺都沒有啦！」

海翼罵完後馬上別開臉，藉由喝水、裝忙不讓對方發現異狀，比如說這該死的悸動與臉紅，他才沒有感覺……才沒……才……好吧，有那麼一點，但是現在他一點也不想讓戴哲尼知道。

「是嗎？你就別忘記你說過的話。」戴哲尼覺得對方沒有說實話，但是沒有證據。想當然他們依然沒有和好，不過相處的氣氛好像變得有點曖昧。

戴哲尼其實希望能快點和好，否則每天彼此都這樣冷臉互看實在難受，再加上他重新申請外送員的工作順利通過，想藉機會慶祝兼求和。

他特地砸重本買了高檔牛排做為主菜。能讓他豪氣的下手，當然還是得感謝新朋友，林懷恩特地抽空前來使用員工優惠替他結帳。

讓他深感人在江湖朋友要有，真有它的道理。

戴哲尼忙碌一會兒後，終於搞定晚餐，闊別多天對海翼喊道：「海翼，吃飯了。」

他帶著一點期待的口吻，卻換來海翼冷冷說道：「我不餓。」

「不要拉倒，兩份牛排我自己解決。」

牛排？海翼聽聞馬上起身靠近，看著桌面比以往奢華的餐點一臉憂心。

「你是不是闖了什麼禍？不然平常吃個飯都要很省的人，怎麼突然這麼大方？」

海翼過於認真的眼神，讓戴哲尼好像被潑了桶冷水。

「你不要就算了，牛排都堵不上你的臭嘴。」

海翼察覺對方受傷的反應，連忙放柔語氣就坐開始用餐。

「如何？」戴哲尼滿心期待問道。

海翼慢慢吞下牛排說道：「我是覺得煎得有點老，如果五分熟會更好——」

戴哲尼聽聞不禁露出冰冷的目光說道：「我看今天應該煎魚不應該吃牛排的。」

「為什麼？」海翼一邊吃著晚餐，感到不解。

「你挺會挑剌的。」

「唔——」海翼終於意識到自己又說錯話，但是又拉不下臉道歉，索性悶頭將對方準備的晚餐吃光，心想這樣至少有釋出一點善意。

然而戴哲尼不但沒消氣反而更加氣惱，直到晚餐結束，關係仍然不見轉好。

海翼很清楚戴哲尼生氣的原因，他不曉得該如何化解。尤其剛才戴哲尼露出受傷的眼神，像根刺一樣戳在他的心口，有些痛、有些愧疚。

……應該跟對方說點什麼才對。

海翼邊想邊在沙發上翻來覆去，突然一陣天搖地動打斷他的思緒。

周圍的貨架上有不少物品跟著搖晃甚至掉落，他遲疑一下才意識到是地震，而且搖晃的幅度並不小。

下一瞬間，有個黑影覆蓋住海翼的視線，伴隨溫暖體溫，還有近在耳邊的心跳聲，回過神才發現是戴哲尼用身體護著他。

「啊，停了，你還好嗎？」戴哲尼確定不再搖晃後，撐起身軀問道。

「還好，謝謝……」海翼還在恍惚中，剛才被保護的瞬間，突然覺得之前的爭執很沒必要，應該要快點和好。

但——他看著戴哲尼焦慮地來回走動、檢查各處的樣子感到好奇。

「戴哲尼，你很怕地震？」

「怕啊！我剛經歷過九二一，想到就會很不安，你不知道這件事嗎？」戴哲尼確定整個屋子沒問題後，才安心地來到海翼身邊坐下。

「九二一……是什麼時候的事？」海翼對這個詞相當陌生。

「一九九九年啊，那個地震很大，臺灣有不少房屋倒塌，我家的牆壁也裂了好大一個縫，我跟阿嬤整晚睡不著，隨時準備逃命。」

戴哲尼的神情相當不安，是海翼不曾見過的脆弱一面。

「那時候我才五歲……我已經不記得了。」海翼試圖安撫，便握住戴哲尼的手說道：「我牽著你的手吧，等一下如果有餘震，方便逃。」

戴哲尼很意外他會這麼做，而且對方的掌溫的確達到效果，卻又忍不住嘴硬：

「又不是小孩，牽什麼手？」

說歸說，他卻沒有拒絕海翼，甚至安心閉上眼休息，不久之前的爭執已不復見。

海翼則牽著他的手望著天花板，陷入憂慮。

戴哲尼對二十多年前的事能記得這麼清楚，已經讓他快相信對方是從過去穿越而來的事實。

同時這也代表，戴哲尼隨時都會離開他——

◎

自從那天之後，海翼經常陷入焦慮，並不想被戴哲尼發現這般心思。

他慶幸的是，自從與陸思琪徹底切割乾淨後，戴哲尼也沒有繼續受僱的理由，決定重返外送員的工作，因此雙方見面機會大部分都在傍晚以後。

顧名思義，他現在與戴哲尼只是單純的同居關係。

「同居……」

海翼自己說到這個詞，不禁苦笑一聲，看著滿天的昏黃夕陽景色，發覺自己挺喜歡這個狀態，想到心底還有點甜滋滋，相對也加深他對戴哲尼想離開的憂慮。

事實上，他幾天之前才與魏瑟茉單獨見過面，儘管起初對這名女孩仍帶一點戒心，交談之後才確定，真如戴哲尼所說，彼此只是朋友。

魏瑟茉似乎也察覺他的心思，還沒切入正題之前，就先跟戴哲尼撇清關係。

最讓海翼感到不自在的，就是對方那雙好像看透一切的眼神。

這一趟也是為了瞭解「戴哲尼」的一切，避免再發生之前辜負戴哲尼好意的失誤。

魏瑟茉分享不少細節，卻反而將戴哲尼不是「戴哲尼本人」可能性提高。

海翼將這幾天測試的結果記在筆記本上，得到的答案卻只有不斷嘆息的份。

「他喜歡吃奶油口味的車輪餅。」魏瑟茉是這麼說。

然而，戴哲尼的反應卻是興趣缺缺，還直接拒絕海翼。

「他很不會整理東西，所以房間一直都很亂，去他家的時候都沒地方坐。」魏瑟茉又這麼說。

海翼看著被戴哲尼整理過的倉庫，條理有序、地面還乾淨得閃閃發光，跟魏瑟茉形容的完全兩回事。

「他很愛美、很注重保養，洗完臉都得擦一堆保養品。」魏瑟茉又這麼說。

海翼為此特地拿一罐化妝水，趁戴哲尼洗臉時想借他使用，被果斷拒絕也就算了，他親眼看見戴哲尼只是用清水抹一抹就了事。

「我們認識的戴哲尼根本不同人，加上之前查何柏緯的事，跟他說的全吻合，看來他的靈魂真的是何柏緯……」

證據充足，讓海翼沒有翻案的餘地，為此他兒時造成的陰影與怕被遺棄的不安感再次湧現。

「我回來啦！你怎麼站在這裡發呆？」結束外送工作的戴哲尼一臉愉悅地歸來，恰好看到他神色凝重沉思。

「沒——」海翼聽到他的聲音連忙收拾心情，嗅到熟悉的食物香味問道：「你買臭豆腐？」

「對啊！這家超好吃，我也有買你的份，一起吃。」戴哲尼拎著袋子快樂地往屋內走，海翼則跟在後頭再次陷入思考。

他知道戴哲尼特別喜歡臭豆腐，自己並不介意這道小吃獨有的刺激香味。

反之他對這個味道有很深、很好的回憶。

他在跨年夜與父親走散時，那名年輕人曾抱著他架在自己的肩膀上幫忙找人，而當時他聞到的就是這股味道。

而那名年輕男孩也對他說過，那是臭豆腐的味道。

加上他委託查到的資料裡，也提到何柏緯的阿嬤經營臭豆腐攤，種種的跡象已讓他不能再用巧合解釋。

「你不吃嗎？還是你不喜歡？」戴哲尼望著海翼看著桌上的食物，臉色不太好，還很貼心將盤子挪遠一點。

「我還好，我只是想問——既然你說你穿越過來的，可以說說那時候的事嗎？」

「可以啊！我一直想講但你不信，你真的沒事？」戴哲尼邊吃邊說道，看他臉色凝重又關心幾句。

海翼搖搖頭緊接著問道：「你們那時候有流行什麼飾品嗎？比如招幸運的鑰匙圈或繩子之類的……」

「有！我有戴幸運繩，聽說斷掉就表示願望會實現，你怎麼知道這種事？」

「我查到的，那條繩子呢？怎麼沒看見你戴？」海翼聽聞，神色比剛才更差了。

戴哲尼回想一下說：「我跨年夜那天碰到一個走失的小男生，大概五歲吧？我送給他了。」

海翼臉色更差了，讓戴哲尼忍不住伸手摸摸他的額頭關心著：「你真的沒事？」

「我沒事。」海翼覺得胸口發疼，不想讓對方察覺異狀，就這樣草草結束對話。

直到深夜戴哲尼已入睡，深陷兒時回憶的海翼無法平靜。他坐在戴哲尼的身側，從隨身包裡層翻出一條磨損、老舊的幸運繩。

海翼小心拿著，翻過背面還繡有 wei 的字樣，看似不起眼卻被他寶貝收藏了二十多年，而如今這條幸運繩的主人就在身邊。

「小時候到現在就常對這條繩子許願，希望有一天能再見到你一面，沒想到用這麼特別的方式實現，又在我最孤獨的時候出現……」

海翼此刻的心情相當複雜，因為戴哲尼一直想回去的心意從沒消退過。

「我得想辦法把你留下……留在我身邊。」他輕輕撫摸對方的臉，暗自下決心。

既然有心要留住對方，海翼明白得從戴哲尼在乎的事情下手。

「走，跟我去報到。」

突然有一天，海翼心情愉悅地抓住正在倉庫外澆花的戴哲尼說道。

「報到什麼？」戴哲尼一臉莫名其妙，海翼則抓著他急著要出門。

「未來要一起上班的地方。」海翼的回答令戴哲尼更困惑了。

「你怎麼突然找到工作？我看你都閒在那邊……」

「別管那麼多，你先跟我去就對了。」海翼不想浪費時間，偏偏戴哲尼在此時特別謹慎，令他恨不得想直接把人扛在肩膀帶走。

「才不要！你那個工作可靠嗎？」

海翼面對質疑感覺受辱反問：「我就讓你這麼不放心嗎？」

「嗯。」戴哲尼完全不給他面子，這讓海翼感到沮喪。

「你不要就算了，我自己去就是。」

戴哲尼看著轉身準備離開的海翼，思忖一會兒，認為對方也是出自好意，自己的反應的確有點傷人。

更讓他在意的是，海翼平常喜怒都直接寫在臉上的人，進入職場，一看就是容易得罪人的特質，如果就這樣放著對方不管，似乎有點危險。

「不行……我得看著他才行。」戴哲尼評估後，趁海翼還沒走遠朝他喊：「等等！我跟你去就是，你最好保證那份工作的薪水比我的外送工作還要好。」

海翼見他改變心意，鬱悶的心情一掃而空。

然而，戴哲尼沒想到海翼替兩人找到的工作，是海神百貨的內部員工，還跳過面試直接錄取，不是傳聞要進這家企業有相當的難度嗎？

戴哲尼領過自己的員工證很困惑。

他們被安排在同部門，上司是位脾氣不錯、好相處的男性主管，名叫曾銘峰。

海翼看著戴哲尼興奮地整理自己的工作桌，偷偷在心裡讚許自己做對了決定。

主管曾銘峰則悄悄來到他身邊低語：「冒昧問一下，你是不是跟我們董事長有親戚關係？畢竟姓海的並不常見。」

海翼平靜地看著曾銘峰搖頭否認：「不、碰巧而已，如果真的是我，也不需要經過面試，當基層對吧？」

曾銘峰很快就被海翼說服沒有追問的打算，很快離開去忙自己的事。

海翼並未把這件事放在心上，注意力都放在戴哲尼身上。

看他仍沉浸在有正職的喜悅裡，暗自希望能長久一點，最好打消想回去的念頭。

梁文森以為那天發生的一切，陸思琪應該死心才對。

顯然，他錯估了。

「陸小姐，我以為上次已經說得很清楚，除了生意的往來，我並不想私下見面。」

梁文森忍著不耐煩說道，對方直接找上門來談私事，著實浪費他的時間。

「我明白，所以我也是來說明我的立場。」陸思琪勾起微笑，完全不受對方冷淡對待的影響接著說道：「你喜歡那個男孩，我都無所謂。」

「什麼意思？」梁文森聽到她的回答感到有點頭痛。

「我直接明說了，你是很適合的結婚對象。只要你願意，陸廣集團可以當你的靠山，最後要拿下整個海神不是問題，結婚後你愛跟誰就跟誰，我不會插手。」陸思琪目光銳利，梁文森卻被這抹視線戳得不太舒服。

「所以妳只要一個傀儡？」

「不是每個人都有機會當傀儡。」陸思琪輕輕笑著，對她來說這只是另一個商務會議，讓梁文森的臉色不太好。

「這種契約結婚我不會答應的。我不會把婚姻當交易，跟一個人在一起是神聖的事，必須慎重。」梁文森的氣勢越來越嚴肅，陸思琪則完全不介意，更以像是看獵物一般的眼神注視他。

「交易有什麼不好？我的朋友圈內這可是常態，各取所需。」

梁文森面對如此理直氣壯的態度被氣笑了，在這個時候占滿思緒的，全都是那個乖巧、溫和的林懷恩。

「請陸小姐放過我這個平民吧，上流社會的玩法我不懂，我不可能跟不喜歡的人契約結婚，而且我有想保護的人。」梁文森說完後決定起身離開。

「梁文森！你等等。」陸思琪喊道。梁文森毫無停留的意思，不理會她的叫喊逕自離去。

不曉得自己成了話題中心的林懷恩，正快步走往工作的地方，一旦有空檔就會忍不住陷入思緒裡。

他跟梁文森的關係，已經不能用單純朋友來解釋了吧？

林懷恩想起前幾天夜裡發生地震之後，馬上接到梁文森打電話關心的情景。當時震幅不小，屋內倒了不少東西，他正忙著收拾。

本以為只是通個電話，對方居然在他家樓下，一臉擔心望著他。

「啊、梁總！你怎麼來了？我下去找你。」林懷恩當時顧不得還沒整理完，轉身就想下樓卻被對方阻止。

「不用、不用，很晚了，我只是剛好經過順便看你好不好。」梁文森見他沒事，寬心許多，雖然兩人距離遠遠地，並不影響。

林懷恩甚至覺得當下關係又拉近許多，於是又繞回一開始的疑問。

他跟梁文森之間……好像，不能用只是朋友來形容了——

「林——懷——恩——」

一陣熟悉、故意拉長音引得林懷恩停下腳步轉身，見到戴哲尼一身上班打扮，身上還有海神員工名牌的樣式，花了幾秒的時間釐清狀況。

「戴哲尼！你也進來海神了？」

戴哲尼笑著挺胸，讓他看得更清楚身上的名牌笑道：「驚不驚喜、意不意外啊！」

「你怎麼都沒講？我們是同事了欸。」林懷恩開心地看著他全身上下，工作的煩悶突然一掃而空了。

「嘿嘿，前輩——可以讓小的請你吃一頓慶祝一下啊？」戴哲尼勾著他的肩膀笑道，林懷恩此時露出可惜的反應。

「好啊，不過要下次了，我同事要我去冷凍庫盤點東西。」

「那就太可惜了，我會記著下次請，我再LINE你。」戴哲尼也露出相同的反應，兩人不能逗留太久，交談幾句就分別了。

戴哲尼看著林懷恩遠去的背影，光是走路都散發著認真與誠懇，讓他忍不住跟海翼做比較，這一比只有嘆息的份。

「要是海翼有林懷恩四分之一的工作態度就好。」戴哲尼與海翼任職好幾天，就如同他當初因為不放心才跟著進來，海翼的工作態度只能用散漫來形容。

雖說該做的事都有完成，但是海翼的態度實在太自由，之前還被他抓到上班空檔打手遊連忙阻止。

幸好當時曾銘峰為人很佛系、又剛好不在場，他覺得海翼沒被辭掉簡直是奇蹟。

「對了，那傢伙又跑哪去……曾主任在找他欸……啊——」戴哲尼總算在鞋子的專櫃找到人，卻看見對方與櫃姐有說有笑。

有那麼一瞬間，他已經不知道該生氣還是該嫉妒，或者該說，兩種都有？

「海翼，曾主任找你啦！你怎麼在這裡聊天？」

「我在工作，才不是聊天。」海翼太過理直氣壯，讓戴哲尼露出責備的眼神瞪著。

海翼並不受他影響，與美麗的櫃姐道別後往下個專櫃走，沒有打算回到自己的位置，這下讓戴哲尼更煩躁了。

「不是，你不上去嗎？主任在等你欸。」

「我這層逛完就會去了。」海翼的目光鎖定下一個專櫃，無視戴哲尼跟在後頭、眼裡都快冒火的怒氣。

戴哲尼看著對方無所謂的背影，決定不能放任下去威脅道：「你不跟我回去的話，我就兩週都不打掃喔。」

海翼隨即停頓，他無法想像兩週都沒打掃，倉庫會亂到什麼程度，他太習慣戴哲尼維持的乾淨與整齊了。

「算你狠啊……」海翼咬咬牙，只能掉頭跟著戴哲尼回去辦公室，但是沿途看著那些專櫃，他總會露出沉思的表情。

◎

正在冷凍庫忙著盤點貨物的林懷恩心情還不錯，雖然無法與戴哲尼多說幾句話感到可惜。

「下次吧……反正現在是同事，要約不困難。」林懷恩抱著遺憾的心情努力清點，想著得快點解決眼前的工作。

「哇……冷凍庫太冷了，得快點才行。」

林懷恩邊哆嗦邊清點，過了段時間才完成任務，準備離開卻發現冷凍庫的出口打不開。

「打不開？被鎖住了？」林懷恩忍著低溫輕拍門，回應他的是令人心慌的寂靜。

「有人在嗎——」

林懷恩拍著門呼救，摸索身上才發現忘了帶手機，這下也無法找人求援，他只能更大聲的呼喊。在時間流逝之中，林懷恩產生可能會死在裡頭的恐懼，拍門的力道更大了些。

「有人嗎？我被困在這裡了，有人可以幫幫我嗎？」他用盡力氣呼喊，可惜外頭仍舊一點動靜也沒有，他也不曉得自己在裡頭待了多久，只曉得全身越來越冷，意識也變得模糊，手腳漸漸不聽使喚，連站著都感到辛苦。

「我該不會真的就會死在這裡吧……我還有很多事想完成啊……」林懷恩開始感到絕望，無力地坐在地上渾身抖個不停。

「糟糕……」他一邊懊惱怎麼忘了帶手機進來，發現意識漸漸被睡意取代，他知道情況不太妙，但是他已想不到辦法。

時間好像又過了很久，但是他不確定。

門突然被推開，林懷恩抬頭看著竄入的光線。一個男性身影伴隨逆光出現，他無法確定是不是幻覺，只能茫然地看著對方逼近。

那個人正在拍他的臉、對他說話，但是他無法給予更多的回應。

「懷恩，你不能睡，快醒醒。」這聲音對林懷恩來很熟悉，他終於能稍微集中精神回應對方，甚至能感覺自己被挪動。

「文……文森，你來了啊……」他不確定是自己安心、鬆懈了，還是放棄一切，自己好像還對他說了什麼。

接著眼前一黑像是被關燈一樣，再來他就什麼也不知道了。

第五章　若即若離

林懷恩被困在冷凍庫的一事，在梁文森即時處置下快速平息。然而，梁文森直到確保林懷恩沒事後仍心有餘悸。

現在已經深夜，林懷恩雖無生命大礙，但是被救出來後，意識一直是昏沉的狀態。梁文森放心不下，決定把人帶回自己家裡休息，好就近照顧。

「如果沒聽到那些傢伙提起，現在就不是在睡覺休息這麼簡單了。」

梁文森回想起當時的種種就感到後怕，就算現在能握著對方仍溫暖的手，他還是忍不住微微發顫。

「幸好你沒事，好不容易才聽到你說喜歡我，不能就這樣結束的……」

梁文森滿腦子都是下午林懷恩躺在他懷裡昏沉的情景，第一次感受到失去跟離別只在一線之隔。

「快點醒來，我才剛回應你的心意，還有很多話想說呢。」梁文森握著他的手輕聲說道，卻遲遲等不到對方有醒來的跡象。

林懷恩這一睡又過了好久，他在這段期間只覺得躺在很舒適的地方，有個人握住他的手說話，身體跟意識太沉重，讓他一時分不清現實與虛幻。

他依稀記得是梁文森將他抱離冷凍庫，但也可能是他太想對方產生的幻覺。

他看著對方憂心忡忡的模樣，突然覺得有些事情如果不說，一定會後悔。

「梁文森……」他慢慢地攀住對方的身軀開口：「我好喜歡你，從以前就一直是一個人的我，最近覺得有你在身邊感覺很幸福呢……」

他感覺還有很多話想說，但是突然有個強而有力的擁抱，讓他突然沒那麼冷。

「嗯，我也是。」

梁文森的聲音就在耳邊，是他沒聽過的語氣。沒有平時的冷靜與沉著，嗓子嘶啞，每一字每一句都在發顫。

「我也是，我也喜歡你，而且很久、很久了。」

啊、是他想聽到的答案。

林懷恩覺得意識跟體力快被消磨光了，但是聽到梁文森的回答就心滿意足地閉上眼。意識再次回籠、睜眼時，卻發現身處陌生的地方。

柔軟的床、舒服的香味、溫馨的燈光……他一下子無法意識這裡是什麼地方。

「啊，這裡是天堂……」他恍惚地想著，再次閉上眼舒服入睡。

「傻瓜，才不是咧——」林懷恩聽到那個溫柔的嗓音夾帶無奈笑聲反駁，他很想辯解自己才不是傻瓜，但是他實在太累，腦袋擠不出字句，而且有個淺淺、柔軟像是親吻的觸感襲來。

這個大概是他到天堂的第一個吻吧……

林懷恩胡思亂想著，一邊想原來死後也需要睡覺，一邊覺得好像做了一堆亂七八糟的夢，夢裡有梁文森還有奇怪的落水聲，等到眼皮像是被一陣光線覆蓋，他才漸漸睜眼。

「好像做了很長的夢。」林懷恩坐起身，發現自己在陌生的臥房裡，左右察看發現不遠處擺放相框裡有熟悉的身影。

「是梁文森的家？」林懷恩揪著被子快速思考一輪，才明白昨天到現在的種種，有不少並不是夢。

例如……他對梁文森告白、他好像被親了……梁文森也說喜歡他的事。

林懷恩思及此忍不住伸手掩住臉，整張臉開始發燙。

「不是夢？就連我以為想太多，夢到睡在他的床並不是夢？」林懷恩意識到真相後，臉頰更燙了。

「話說回來，總經理去哪了？怎麼沒看到人？」林懷恩坐在床鋪上四處觀望，最後視線落在不斷傳來水聲的浴室。

「啊、在那裡——」話才剛說完，他就聽到浴室內傳來令人感到不安的巨大碰撞聲，連忙下床關心。

「總經理，發生什麼事了嗎？」

林懷恩心急下推開門，卻沒想到直接撞上正在沖澡的梁文森。

映入林懷恩眼裡的先是一片膚色，接著是明顯有在鍛鍊的優秀體格，胸肌、腹肌以及手臂的肌肉，沾著水珠的臉龐感覺比平常還要性感……

不對、不對！

林懷恩短暫空白的思緒裡，先回神的是告誡自己，不能這樣盯著看、這很失禮，但是視線卻無法控制根本移不開，他腦內的理智根本在拔河。

「你醒了？」梁文森微笑問道，並未被他的闖入影響，林懷恩則依然呆站在原地。

「你也要洗澡嗎？」梁文森見他不為所動追問道，林懷恩這時才清醒過來。

「啊、不！沒！抱歉！」林懷恩回神後慌忙道歉，就轉身離開並用力關上門。

梁文森這時才卸下剛才強裝的鎮定，撫著自己的胸口大口呼吸：「怎麼會突然闖進來呢？真的是……」

他在浴室裡快速調整好情緒、梳洗完畢後，就忙著幫林懷恩張羅早餐，確認對方安然無事後，心裡踏實許多。

「你還有哪裡不舒服嗎？」梁文森坐在他的面前，幫他剝水煮蛋殼溫柔問著。

「沒……那個，我昨天是不是有對你說了什麼？然後你也對我說了什麼？」林懷恩婉轉提問，那個「什麼」他明知正確答案卻說不出口。

「是嗎？說了什麼？」梁文森抿了一口咖啡，一臉就寫著彼此心知肚明，他就想聽對方親口說。

「唔……」林懷恩停頓下來看著對方面露猶豫，下個瞬間卻被梁文森沾著咖啡漬的嘴唇吸引，他下意識抽起紙巾替對方擦掉，這下又想起睡夢中依稀記得的事。

「還有，我們好像有接吻？」林懷恩沒有把握，梁文森的回應卻是失笑出聲，讓林懷恩不知所措。

「啊、我、我搞錯了吧？果然是做夢——」

林懷恩低頭懊惱說著，梁文森見不得他沮喪難過的樣子，隨即收斂情緒安撫他。

「不是做夢，接吻是真的、互相告白喜歡也是真的。」

林懷恩聽聞仰起頭一臉茫然還有點呆，盯著梁文森嘴巴開開闔闔終於開口：「所以我們這樣算……算在一起了？」

梁文森有點無奈，都已經亮答案的程度，林懷恩卻還這麼沒自信。

他只好以行動證明，緩緩起身繞到林懷恩的身後，雙手環住他。

林懷恩就這樣紅著臉被他抱著。

「我那天跟陸思琪吃飯，把你約過來會不會覺得我在利用你？」

梁文森想起幾天前的紛亂，說不介意是騙人的。

「不會，能幫到你，我很開心。」如同梁文森預測得到的回答，乖巧得讓人揪心。

他心疼地摸摸青年的頭，可以的話他絕不會想讓這個人受到一絲傷害。

「你剛剛好像說不記得我的吻了吧？」

「咦？」林懷恩望著梁文森，因為對方過於熱切的眼神忘了思考。

「我來喚醒你的記憶。」梁文森說罷，勾著他的下顎貼住彼此的雙脣。

林懷恩意識過來時，才發現他們在接吻。

這是個有點久、很溫柔、令他永生難忘的親吻。

◎

「林懷恩沒事吧……」

戴哲尼看著公司內部的討論群組有些擔心，傳出去的訊息一直被不讀不回，他趁著整理家務的空檔又傳了幾句關心的話。雖然他從群組內得知沒有生命危險，不過還是想聽到本人親口答覆。

掛心的同時，他瞥見總是窩在沙發上使用筆電的海翼，對照之下這傢伙過於悠閒的生活態度，實在看不過去。

「海翼，我覺得要重新擬生活公約，反正我也有教你做家事，我們輪流分擔？」

海翼並沒有回應他，螢幕全都是百貨公司週年慶的資訊，他對照自己蒐集的資訊，神色凝重。

「喂！你有聽到我說話嗎？你在玩遊戲？」戴哲尼等得不耐煩，來到他身邊又問。海翼這才察覺他靠近，立刻蓋上筆電。

「幹麼？你在做什麼？這麼神祕。」

「我在忙，你別管。」海翼抱著筆電不想讓他看見，戴哲尼不想自討沒趣準備離開，卻一個重心不穩跌到對方身上。

海翼眼明手快一把抱住他，卻導致兩人變成擁抱的姿態。雙雙繃緊身軀，戴哲尼清楚感覺到海翼的體溫。

「你還不起來，我的腿快斷了。」海翼故做鎮定說道，戴哲尼這才回神連忙起身。

「抱歉啦、我不是故意的——啊、我去外面澆個花……」戴哲尼發現自己心跳快得很不像話，隨意找了藉口就往外跑。

「我得冷靜才行，只是不小心的，幹麼這麼緊張？」等到獨處後，戴哲尼邊拍胸口邊告誡自己。

他一時也不好意思進屋，乾脆就在外頭滑手機，看著公司內部的群組又爆出新的八卦，他往下一看仍與林懷恩有關，這次還新增新主角——梁文森。

他點開群組流傳的照片，是梁文森用公主抱的方式將林懷恩抱離冷凍庫瞬間。底下都在討論林懷恩與梁文森的關係，顯然裡頭有同部門的人，繪聲繪影地說這兩人關係一直很可疑、過於親密，有人因此嫉妒、抱怨林懷恩。

戴哲尼對於朋友被批評感到不開心，更在意的是梁文森這個人。

戴哲尼抓著手機又走回倉庫來到海翼面前，將手機畫面展示給他看。

「你有看群組嗎？」

「怎麼了？」海翼擰眉不能理解他為何生氣，瞄了手機螢幕一眼不為所動。

「這個！被抱的人是我朋友、林懷恩，抱他的人是總經理。」

「所以？」海翼盯著被抱的人，心想怎麼沒聽說戴哲尼認識這個人，心裡泛起一絲醋意。

「我前幾天看到梁總跟陸思琪一起吃飯，又對林懷恩下手，男女通吃啊！」

「就一張照片，也不能證明什麼吧？」海翼更在意的是戴哲尼一副自家的事，讓他很想快點結束話題，偏偏對方並不這麼想。

「他是我朋友，我怕他會受傷害啊！不行、不行，我要打給懷恩勸勸他。」

戴哲尼拿回手機作勢要撥號，海翼直接伸手搶走手機。

「你少無聊了，萬一他們兩情相悅呢？」海翼不但想停止話題，還想阻止戴哲尼對林懷恩過於在乎的反應。

一想到從沒看過他這麼對待自己，對這位林懷恩又多了幾分嫉妒。

「手機還我！我要跟懷恩確認一下。」戴哲尼沒注意到他的情緒，努力想搶回手機，海翼偏不給還藏得更深。

「叫得這麼親熱，他有總經理照顧，不用太操心吧？」

此時，戴哲尼停下手終於發現對方的反常，狐疑問道：「你在吃醋？」

「我才沒吃醋，我是在制止你的幼稚行為。」海翼否認得太快，讓戴哲尼覺得更可疑，兩人就這樣互瞪好一段時間沒有說話。

海翼被盯到臉頰發燙，別過頭說：「我肚子又餓了、你弄點吃的給我。」

「蛤？不是剛吃過嗎？我連飯後水果都上了欸，你還在發育嗎？」

「管我，快弄。」海翼想著他對那個林懷恩親密態度，開始像個小孩一樣說道：

「而且要餵我吃。」

「你自己好手好腳自己吃！好啦、我去煮啦。」

戴哲尼順從他的要求立刻去弄，被成功轉移注意力，連手機都忘了要拿回來。

他現在只記得剛才海翼耍賴的樣子有點可愛，意識到這般荒唐的想法，不禁低語罵道：「戴哲尼，你真的沒救了。」

後來，戴哲尼一直在思考自己為什麼會覺得海翼某些時候很可愛。

戴哲尼發現這人在外跟在家，根本是不同人。

那個常讓櫃姐心花怒放、一副紳士帥氣的人是誰？

現在這個很廢，找個外套都忙得團團轉的人又是誰？

戴哲尼抓起掛在椅背上的外套遞給他，邊搖頭說：「沒有我你該怎麼活啊？」

「所以你不就在我身邊了嗎？」

海翼的回答太過理直氣壯，讓戴哲尼低語：「我上輩子一定造了什麼孽……」

海翼立即回嘴：「你應該是上輩子救了銀河系，才能碰到我。」

因為這番話，戴哲尼想起自己莫名穿越來這裡，發生的種種事情，好像真的是特地為了遇到海翼，但是——他想不透為什麼是海翼。

他也無法釐清，從沒意識過要談戀愛的自己，居然對這個男人感到心動不已。

那麼，海翼又怎麼想呢？他突然好想知道答案。

「那，我待在你身邊，有讓你心跳加快的感覺嗎？」

戴哲尼突然靠在他耳邊問，距離突然被拉近，讓海翼倒抽一口氣。

「你在說什麼？」海翼沒想到他會突然靠近，也忘了保持距離，戴哲尼說話時熱氣會拂過自己的臉龐，搔得他心底發癢。

「你對男人有感覺嗎？」戴哲尼覺得自己問得太直接，但是他已顧不了太多。

「不知道。」海翼看了他一眼，努力讓自己看來很平常，狀似不在乎地回：「我沒想過這個事。」

戴哲尼得不到理想的回應，直接撫摸海翼的臉，過於大膽的行為讓海翼思考停止了幾秒，本能不想阻止對方。

不否認的是，他挺喜歡被戴哲尼摸。

「如何？」戴哲尼不曉得他的心思認真問道。

「我有答應讓你隨便摸嗎？」海翼很想帶點警告意味的回答，但是一開口卻像是調情，甚至被感染也想摸摸對方的臉。

戴哲尼被他一碰臉頰迅速竄紅，還呼出好幾口熱氣，仍舊保持理智的海翼忍不住笑出聲說：「你的臉好紅，應該是你比較有反應吧？」

「我沒……」戴哲尼想反駁，卻發現對方正在慢慢靠近自己，隨時會接吻的程度，他帶著幾分期待，海翼卻停止了。

「試完了，該上班了吧？」

海翼用著性感的嗓音。卻說出社會人士最不想聽到的話，讓戴哲尼瞬間清醒，還退開好幾步。

「啊、對啦！上班。」戴哲尼紅著臉快步離開，本來想主動試探卻反被調戲，他覺得有點丟臉。

海翼帶著得逞的笑意尾隨在後，一副回味無窮，因為戴哲尼剛才的反應太可愛。

◎

早上被調戲後，戴哲尼好不容易冷靜下來，發現海翼在上班時間又不見人影了。

戴哲尼剛忙完手上的工作，對他來說二十年後的職場變化太大，有太多技術對他來說過於先進，光是要摸索就花了很多時間。

相較之下，海翼就上手得很快，但是經常不在位置上這點，戴哲尼很擔心總有一天會被公司拿來當辭掉的藉口。

「海翼呢？我有事要找你們。」曾銘峰抱著文件經過他們，看著空蕩蕩的位置皺眉問道。

「啊……他被叫去賣場幫忙，有什麼事我可以幫忙轉達。」戴哲尼暗叫不妙，立刻幫對方掰了個理由。曾銘峰點點頭並沒有懷疑，這才讓他稍微安下心來。

但，曾銘峰緊接著說的話，可就非常嚇人了。

「很重要的事，你們都得在場，十分鐘後沒出現，我就直接結束你們的試用期。」

戴哲尼聽聞馬上拿出手機撥號，響了許久卻沒有接起的跡象，讓他氣急敗壞地離開辦公室找人。

戴哲尼迅速鎖定海翼會去的地方，果然在化妝品專櫃看到他與一名櫃姐有說有笑，當下讓他又氣又嫉妒，也不管對方到底在做什麼，直接衝上去打斷對話。

「你怎麼不接電話？有急事要找你啦！」

「我在工作，怎麼每次我跟美女聊天，你就來破壞？」

海翼無所謂的態度讓戴哲尼更生氣，他決定不顧海翼意願，抓著對方手臂離開。

「一直在專櫃到處繞哪是工作？你想繼續聊天還是想失業？主任在找我們啦！」

「調查也是一種工作。」海翼並不想多談，但是也不願意被誤解。戴哲尼並沒有聽懂，像個操心的長輩一路上都在叨念他的工作態度。

所幸，在他的努力下趕在壓線前，抵達曾銘峰的辦公室。

本以為會先換來一頓罵，卻聽到意料之外的消息。

「公司很滿意你們的表現，尤其像海翼這樣年輕又有想法的新血，所以今天起你們被升為正式員工了。」曾銘峰順勢將升職的文件交給他們，一臉滿意。

戴哲尼捧著文件不禁思考，不是說海神很難進嗎？

不是說試用期很嚴格嗎？這間公司真的沒問題嗎？

「謝謝主任，我知道了。」相較之下海翼依然鎮定，曾銘峰還對他們說了幾句鼓勵的話就放人離開。

事情轉折變化太大，戴哲尼看著那張升職的通知，茫然又開心。

「哇……就這樣變成正職了欸！好開心喔！這樣生活就可以寬裕一點了。」戴哲尼很快就被喜悅淹沒，老早就把剛才對海翼的醋意跟不滿拋開。

這也是海翼特別喜歡戴哲尼的一點。

凡事都用樂觀思考面對，壞情緒來得快去得也快，就算整天膩在一起也不會覺得煩躁，除了像長輩一樣愛叨念他生活習慣這點以外……

海翼看他開心的模樣，想起自己回臺灣到現在，要不是有這個人在，還真難想像會過著如何的生活。

為此，他暗暗想著該找個機會回饋戴哲尼才行——

◎

戴哲尼總算收到林懷恩報平安的訊息，得知他今天如期上班，立刻抽空約對方在百貨公司內的咖啡廳見面，順便跟他分享自己升為正職的好消息。

「真好，你好快就變成正式員工了。」

林懷恩難掩羨慕，他雖然已復工，但是被困在冷凍庫的事早已傳遍公司。他被梁文森救出一事，更被傳出一堆亂七八糟的謠言，而且他察覺同事們因為他與梁文森特別交好的關係，被明顯特意討好，這些都是他不樂見的狀況。

「你一定會升正職啦！」戴哲尼見他略微失落的樣子，連忙拍拍他的肩膀安慰。

「我能不能通過還不知道呢。」林懷恩苦笑幾聲，想到東尼因為梁文森的關係對他存在敵意，光是這層原因他就更沒有把握。

雖說冷凍庫事件，在梁文森口頭警告下，讓那些想整他的人有收斂不少，可是他可以預料得到，東尼對他的態度只會越來越差。

「你一定可以的啦！」戴哲尼很努力地安撫，隨即壓低聲音問：「對了，你跟總經理到底怎麼回事？」

「沒事，怎麼連你也在八卦這件事了？」

戴哲尼嚴肅地壓低音量說：「我只是想提醒你，總經理可能有女友了。」

「不可能。」林懷恩想都沒想就否認他的推測。

「我明明就看到他跟陸廣集團的千金一起約會，不得不說、他眼光很差欸。」

林懷恩聽聞，冷靜說道：「你是指陸思琪吧？那是在談公事，而且已經簽約了，這件事梁總有跟我提過。」

戴哲尼看著他好一會兒，從鎮定的態度看來，林懷恩的說詞沒有可疑的地方，他回想起那天巧遇的狀況，可能是自己誤會了。

倒是林懷恩這麼清楚內情，根本坐實兩人關係親密的事實，戴哲尼一臉竊笑地說：「梁總很重視你啊——你們果然……」

「嗯，他對我真的很好。」林懷恩一想到他們現在的關係，一股幸福感湧上心頭，但是避重就輕的態度讓戴哲尼隱約察覺，決定選擇尊重對方不點破，只是淡淡地笑說：「真好，我也希望能被照顧呢。」

戴哲尼想被照顧的願望來得有點快，不過——好像又有點不一樣。

「不是，海翼，這裡很貴吧？」戴哲尼被帶往高級酒吧，在海翼熟練安排下入座，過於高檔的氣氛超乎戴哲尼的想像，讓他渾身不自在。

「要慶祝升正職，來這裡挺合適的。」海翼悠然自得的樣子與他的緊張形成強烈對比，期間還已經向服務生點好兩人餐點。

「可是這裡感覺很貴，要在家慶祝也可以吧？」

海翼瞥了他一眼，早就猜到他會有這種反應，乾脆不回應他的問題。此時海翼點的餐正逐一上桌，戴哲尼一看就知道要價不菲，這下更坐立難安了。

「這個紅酒的價格不便宜欸——而且這個鵝肝醬也很貴吧？」

「所以才叫做慶祝啊。」海翼的情緒已不太好，但是出自想讓對方體驗的好意，他一再地忍耐，可是看在戴哲尼的眼中全都是花大錢、不必要，他甚至阻止海翼開紅酒的舉動要求退掉，於是又吵了起來。

「你很奇怪，是我買單你有什麼好心疼的？」

「問題是我們現在是命運共同體啊！你這樣亂花，小心等著喝西北風。」

「錢是賺出來的，不是省出來的，這樣東摳西省，就會很有錢嗎？」海翼聽到他又老調重彈翻了個白眼，更氣惱這傢伙很不會看氣氛跟場合，他想來個美好的約會，戴哲尼卻心心念念不要亂花錢的事。

「至少我不會因為沒錢，就被女人甩。」戴哲尼依舊沒有讀懂海翼的心思，還往他的痛處踩。

「沒招就人身攻擊，算你狠。」海翼氣得別過頭，偏偏他說的是事實無法反駁。

此時，一通來電打斷兩人的爭執，戴哲尼接通才發現是魏瑟茉打來的。

「阿尼，聽說你升正職，要不要出來喝一杯！」魏瑟茉帶著歡快的口吻說道。

「現在嗎？」戴哲尼看著眼前的餐點，又看向海翼感到猶豫。

海翼察覺他的猶豫面露不悅，賭氣似地將搶回來的紅酒開瓶，戴哲尼腦海中頓時冒出金錢溜走的聲音，把最後一絲猶豫掃除而盡。

戴哲尼認為這頓慶祝的晚餐再繼續下去只剩吵架了。

「好，我現在就過去，把地址傳給我。」戴哲尼邊說邊拎起自己隨身物品，一聲道別都沒講就離開。

海翼就這樣讓他離去，沒有挽留的意思，望著眼前餐點又是一陣無奈的嘆息。

「想對你好、想讓你吃好吃的，為什麼你就是不懂呢？」海翼拿起手機點開一份文件檔案，標題就寫著何柏緯調查報告。

他將文件反覆看了許多次，沒了剛才賭氣、故我的姿態，而是鬱悶、煩惱與心疼。

「雙親在他小時候就過世，國中開始半工半讀，跟阿嬤相依為命……」

海翼最近才明白戴哲尼在金錢上斤斤計較的原因，是環境逼得他必須如此。

「何李金花已在二〇〇〇年過世……」海翼的視線移不開這行字。

「你沒有回去的理由了……」是否能為我留下呢？

他這麼想，但是沒有說出口。

◎

自從跟林懷恩交往，梁文森的心情每一刻都很開心，就算今天又為了工作加班也不影響興致。他開著車趁空檔騰出一隻手，輕輕握住坐在副駕的林懷恩的手。

「等我到這麼晚才走，會不會累？」梁文森雖然心裡很踏實，但是終歸還是為了影響對方的休息時間感到過意不去。

「不會，你工作這麼忙，能擠出時間相處我就很滿足了。」

「我也是。」梁文森就愛他的貼心，趁著開車的空檔在他的手背上親吻，力道很輕，輕得讓林懷恩忍不住害羞笑出聲。

「有吃晚餐嗎？」梁文森再次把注意力放在前方，操控著方向盤問道。

「嗯，下班前有跟朋友喝咖啡，然後在美食街順便吃晚餐。」

「有乖乖吃飯就好。」梁文森處於無論聽到什麼都會很滿足的氛圍。

林懷恩盯著他帶微笑的側臉，分神地想他們交往的氣氛有時更像親子。

梁文森就是操心的角色，雖然他能被好好照顧感到幸福，難免好奇談戀愛時都會這樣嗎？還是他們是例外？

「你跟哪個朋友一起喝咖啡？」梁文森又拋來問題打斷林懷恩的思緒。

「在人事部當實習生的戴哲尼，我在進來公司之前就認識他了。」

梁文森想了一下點頭說：「喔──我知道他。」

林懷恩沒去思考為何位處高層的梁文森會知道戴哲尼，他在意的是別的事。

「我很羨慕他，他很厲害，剛進來不久就升上正式員工。」

梁文森看了他一眼笑道：「你也會的，不用羨慕別人。」

「他真的很厲害，而且他很講義氣也很熱心，我每次都會被他鼓勵，是個──」

「這種時候，為什麼要提別的男人……」梁文森看著轉為紅燈的號誌，語氣哀怨。

林懷恩這下慌了，連忙解釋：「我只是想分享──」

「以後在我面前不要提別的男人。」梁文森難得露出耍賴的一面，過於認真的口吻看在林懷恩的眼裡，終於有他對談戀愛認知中該有的氣氛。

「好可──我知道了。」林懷恩點頭答應，不小心就把心裡話說出口，他不曉得鬧彆扭的梁文森這麼可愛，幸好對方並沒有聽見。

他們在中途決定吃點東西再返回休息，林懷恩提議要去自己喜歡的路邊攤用餐，本以為梁文森會拒絕，沒想到對方很爽快答應。

「這家臭豆腐攤是朋友推薦，不過總經理，你吃得慣嗎？平常應該不吃這些吧？」林懷恩盯著對方用餐的姿態，小心翼翼地問道。

「嗯──其實我……」梁文森很想向他坦白自己的身世，但是看著林懷恩那雙真誠的眼神，如果提及育幼院，勢必會提到資助的事，他想了想又把話全吞回肚子。

「你要說什麼嗎？」

梁文森溫柔地看著他，搖搖頭說：「沒事，我要說我很喜歡吃。」

「那我就放心了。」林懷恩夾了一口泡菜吃完後，盯著梁文森低聲說：「總經理，我有一件事想拜託你，可以嗎？」

「什麼事？」

「其實我是在海神百貨資助的仁德育幼院長大的。」

梁文森聽聞，不著痕跡地倒吸一口氣，他不打算提的話題反而被林懷恩挑起了。

「我知道，我看過你的資料，所以你要拜託什麼事？」

「你可以安排我跟董事長見個面嗎？雖然這幾年我都有寫卡片跟他道謝，但是我還是很想當面說一聲謝謝。」

梁文森看著他難掩欣慰，這也是他最喜歡林懷恩的地方，擁有一顆真誠又透徹的心。當然資助的真相他依舊選擇隱瞞，免得讓林懷恩感到負擔。

「好，下禮拜他應該會來，我帶你去見他。」至於對方拜託的事，對他來說一點都不困難，男友的小小心願，他勢必會幫忙達成。

◎

一早，戴哲尼一如往常張羅早餐，他偶爾會偷偷觀察海翼，對方正在浴室裡梳洗。昨晚他與海翼不歡而散之後就沒交談過，卻在魏瑟茉那邊喝酒談心，為自己的煩惱找解法。

他知道自己對海翼的好感已經轉變為喜歡。

雖然內心偶爾會掙扎，都是同性的情況下真的可以嗎？

然而，比起質疑自己，他更在意的是該怎麼處理與海翼的關係。

「愛情哪有分性別，喜歡就是喜歡啊！」昨晚魏瑟茉支持的態度，讓他心裡的確是踏實許多。

「可是我不知道怎麼做，能讓他知道，而且我也不清楚他到底怎麼想。」戴哲尼憂愁地回應，他之所以矛盾是因為海翼對待他的方式，有很明顯的轉變。

最初是老闆跟雇主，突然變成同居室友甚至是職場同事，雖然偶爾擺脫不了的少爺脾氣以外，其實多半的時間都很「聽話」。

雖然用聽話這個詞，如果讓海翼知道的話肯定會生氣，可是他與海翼相處下來就是這種感觸，雖然嘴裡抱怨身體倒是很配合。

他經常回想，假如沒有遇到海翼，他很難想像現在的自己會是如何。

「你就試探他看看，表現明顯一點，看他會有什麼反應？」

最終，魏瑟茉是這麼建議，戴哲尼也覺得有道理，所以他決定先從日常生活下手。

「今天的早餐這麼豐盛？」海翼梳洗完畢，就看到滿桌不同以往的餐點，充滿……心型風格的早餐？

戴哲尼努力讓自己態度自然點，可是一面對海翼一股羞澀湧上來，讓他不敢直視對方的臉低聲說：「可以稱為充滿愛意的早餐……」

可惜，海翼並沒有聽見。他整個心思都懸在昨晚得知何李金花的消息，又掛心與戴哲尼不歡而散，本以為可能又是一場漫長的冷戰，但是戴哲尼今天與平時無異的親近態度，反而令他反省是自己的氣度不夠大。

海翼看著滿桌精心擺盤的早餐，只有深深的愧疚。

「昨天晚上我不是故意要惹你生氣。」海翼放軟的姿態讓戴哲尼一下子反應不過來，超出他預想。

海翼看向他溫柔說道：「我只是希望你對自己好一點，想讓你體驗不同的事情，我說話就是這樣，你別放在心上。」

戴哲尼盯著他正在理解剛剛聽到的話，雖然得到一個道歉是他始料未及，可是……海翼居然會向他道歉欸——令他暗自感嘆，是這一陣子教育有方啊！

「我昨天也有不對的地方啦，好啦！都不計較了，吃早餐。」

「嗯。」海翼見他接受道歉，心裡舒坦不少。

用餐過程中，戴哲尼還是很介意他的想法，帶著期望的心情問道：「有沒有覺得今天的早餐不一樣？」

海翼吞下食物，用著沒什麼起伏還帶點嫌棄的口吻回應：「吐司太乾了，咖啡的牛奶太多，有點膩。」

這不是他要的答案，戴哲尼沉默好一會兒後，起身收拾東西準備出門。

「你要走了？時間還很早啊。」海翼嚼著早餐對於他想離開的氣勢似曾相識，不就與昨晚在餐廳發生的事一模一樣，他頓時意識到自己又說錯話。

「我要帶去公司吃，跟你一起吃會消化不良。」

戴哲尼氣悶地喝掉咖啡後逕自離開，海翼看著他的身影感到沮喪不已。

海翼曉得自己又惹怒戴哲尼，為此還向已經混熟的櫃姐討教一番。

「都是心型的話……根本就是在跟你示愛吧？」

海翼此時一副醍醐灌頂，一連點了好幾次頭不斷低喃：「難怪他會生氣……」

得到答案後，他反而不確定了。

戴哲尼對他也有那個意思嗎？

平時像個愛管事情的長輩，但是一想到這人就是當初自己最無助時相遇、而深深記在心裡的那位大哥哥，他心裡又感到期待。

「得找個機會跟他道歉才行……」

海翼向櫃姐道別後，懸著心思想去找戴哲尼談談，才走一下子就撞見戴哲尼與魏瑟茉並肩談話的景象。他下意識往一旁的轉角躲，看著他們走遠後才懊惱地說：「我幹麼躲啊？而且這時間，他們想幹麼？」

海翼沒錯過戴哲尼對魏瑟茉說話時的笑容，是他平時不太常看到的表情。

「嘖、黏這麼緊幹麼？休息時間不休息，在那邊……」海翼邊碎念邊偷偷跟上，看著兩人一起走進百貨內的咖啡廳更不愉快了。

不曉得有人尾隨的戴哲尼正在向魏瑟茉訴苦，早上的試探只能用慘烈來形容。

「我都暗示這麼明顯了，結果他就是只會嫌棄啊，他沒有喜歡我的意思啦……」

「說不定要更直接一點啊！」

「怎麼做啊？」戴哲尼現在只感到灰心，無論魏瑟茉怎麼勸都沒用。

魏瑟茉想了想，突然伸手勾住他的肩膀拉近自己認真說道：「我喜歡你。」

戴哲尼被這句話撞得突然忘記思考，還真的感到一絲心動。他正想開口時突然有人逼近，兩人抬頭就看見海翼臉色鐵青瞪著他們。

「上班時間在這裡聊天偷懶？」海翼的語氣冷到讓戴哲尼覺得四周快結冰了。

「海翼，你聽我解釋——」戴哲尼想說明卻被魏瑟茉打斷。

「我們的事為什麼要跟他解釋？」魏瑟茉理直氣壯喊道。

「妳別亂！」戴哲尼瞪了她一眼，又轉向海翼急切說道：「你聽我講、是誤會。」

「關我什麼事？你不用解釋吧？」海翼滿腦子充斥著魏瑟茉那句話，他不確定是不是鬧著玩，但是他不喜歡這種場面，於是決定趁還沒感到窒息前轉身就離開。

戴哲尼看著他氣沖沖離開的背影，這下更沮喪了。

「都怪妳！他現在連聽都不聽了——」

「他會生氣才好，我還怕他沒反應。」魏瑟茉對於剛才的爭執，居然是滿意地笑出聲，戴哲尼只感到困惑。

「什麼意思啊？這下該怎麼辦？」

「放心吧，你很快就能看見幸福的曙光了。」魏瑟茉信誓旦旦地說道，戴哲尼仍舊感到不安，甚至覺得一切已經走向絕望的盡頭了。

「林懷恩，你應該知道週年慶後，有個小吃店因為租約到期、租金遲交必須撤櫃，但是他到現在還不肯走的事吧？」東尼從外處一進辦公室，直衝到他面前喊道。

「我知道，所以後面要進來的連鎖拉麵店就被延宕了。」林懷恩馬上從一堆工作裡抽身恭敬回答，看著東尼不悅的臉，他有不太好的預感。

「知道還不快去處理？」

「可是，那個不是我負責範圍──」

「這是行銷部的範圍，你是行銷部的人，就該去處理！」

林懷恩此時只能沉默以對，雖然不可理喻，但是他找不到更好的理由化解。

「所以，我要你現在就去交涉！如果這件事你都辦不好，就準備走人吧！」

東尼這番話戳中林懷恩還沒能升上正式員工的疑慮，他雖然心有埋怨卻只能忍氣吞聲說道：「我知道了，我現在就去處理。」

林懷恩離開辦公室的時候，甚至能感受到四面八方襲來的同情目光。

這也是為何他感到憂慮原因，東尼對他的敵意，會決定他能否續待海神的結果。

這個煩惱，他並沒有讓梁文森知道，因為他想該由自己想辦法解決。

然而，勸這位小吃店老闆遷離的事卻比他想像中還要棘手。

對方情緒很激動，聽到要遷離，竟然直接抱著瓦斯桶在店門口大鬧，頓時成了美食街注目的焦點。

「你們要我撤櫃，等於逼我去死啊！」老闆絕望的哭喊，引來路人議論紛紛。

林懷恩慌忙地安撫：「老闆，我們可以商量的！我可以協助你找其他店面，你先冷靜下來，好不好？」

「不用商量，反正我什麼都沒有了，我豁出去了！」老闆抱著瓦斯桶大喊，幾名害怕的路人甚至尖叫出聲。

林懷恩只能不斷勸撫，突然有個人從身後靠近他問：「林懷恩，要不要我幫忙？」

「戴哲尼？」他回過頭看見對方憂心忡忡，想出手的意思。

「沒關係，我可以。」林懷恩想將戴哲尼勸退不想讓他介入，畢竟這是自己的職權範圍。

戴哲尼不但不離開，還想直接擋在他身前。

全看在眼裡，早在數天前就一直隱身在海神百貨的福德哥，這下也緊張了。

「要命！你沒事出頭幹麼？你要是沒命，我可就慘了。」福德哥著急地想了想，決定介入這件事。

「死鬼！你在幹什麼？」一名中年婦人慌忙走來，福德哥趁勢依附在她身上。

老闆抱著瓦斯桶一臉錯愕喊：「老、老婆？你怎麼會來？」

「是我向您的夫人通知的，她很擔心你……」林懷恩直接坦承，老闆此時情緒的確緩和許多。

「老婆……我真的沒其他辦法了……」

「什麼叫沒辦法？要是炸死人會下地獄的，你知道嗎？」婦人焦急罵道。

「對啊，老闆，你有什麼困難，我們都可以再商量看看，千萬別做傻事。」林懷恩見狀跟著附和。老闆這時態度徹底舒緩，但是仍舊抱著瓦斯桶不放。

「林先生都說可以談了，你快去跟他喬！」

「這樣的話，老婆妳先答應不要跟我離婚了好不好？」老闆啞聲哀求，這下依附在婦人身上的福德哥，才明白對方情緒失控的根本原因，他決定乘勝追擊。

「什麼離婚？我現在肚子裡又多一個，你想甩掉我，做夢！」

老闆一臉驚喜並放下瓦斯桶問道：「老婆，真的？」

「真的啦！你快去跟他談——」

林懷恩看老闆的情緒平緩這才安下心來，周圍的路人紛紛鬆口氣。

福德哥眼見危機解除立刻退出婦人的身軀，躲到不起眼的地方觀察他們。

「老婆，妳真的有了喔？」

回神的婦人一臉莫名喊道：「你才有了咧！亂講，都幾歲了。」

林懷恩心有餘悸地拍拍自己的胸口，雖然他對這名婦人前後態度不同感到不解，至少把傷害降到最低。至於自己是否能升正職的煩惱，早被他拋至腦後了。

◎

戴哲尼確定林懷恩沒事之後，短暫寒暄後便回到自己的辦公位置。

靜下心來，又想起在咖啡廳與海翼的爭執讓他耿耿於懷，他很想跟海翼解釋，偏偏對方又不在位置上了。

「海翼去哪了……」

「喔？他剛剛說要去影廳，說是有人找他談事情。」

忙碌的同事適時回答，讓他馬上起身往外跑。

戴哲尼在影廳找了一輪，總算在轉角處發現海翼的身影，的確正在跟人交談的樣子。海翼很快就察覺他的存在，隨即向那人交代幾句話後，那人就往另一個方向離去；速度之快，令戴哲尼連對方是男是女都沒能看清。

「你在跟誰說話？他跑好快——」戴哲尼往那人消失的方向探頭問道。

「我朋友。」海翼別過臉明顯心虛。

「有朋友幹麼不讓我認識？」戴哲尼敏銳察覺他有事隱瞞，心裡不太舒服。

海翼見他質疑的口吻，想起剛才在咖啡廳的畫面，不悅說道：「你連女朋友都有了，我就不能有『男的』朋友嗎？」

「你聽我說，那是茉茉鬧著玩，我們就只是好姊妹……不對不對，是兄弟——」

「明明又摟又抱還否認，我都看見了。」

「我發誓我跟茉茉真的只是朋友啦！」戴哲尼見他越來越生氣，更心急了。

「我不信。」

戴哲尼聽到他強硬的口吻陷入苦思，心想到這個地步，就得像魏瑟茉所說的，直截了當說出來了。

「怎麼說你都不信？好，我告訴你！我真正喜歡的人是——」戴哲尼好不容易鼓起勇氣說出口，卻被突如其來的手機鈴聲打斷對話。

海翼連忙掏出手機看著來電顯示，臉色一沉隨即接起。戴哲尼好不容易想開口告白的心思，就這麼硬生生被破壞。

海翼與這通來電交談的時間並不久，僅應聲幾句，臉色卻越來越難看，接著轉身快步離開，留下一臉錯愕的戴哲尼。

第六章　突發狀況

跑了？為什麼跑掉了？

戴哲尼花了幾秒才意識過來，他看著海翼急忙朝電梯的方向奔跑。

那通來電到底說了什麼，讓海翼露出這麼慌忙的反應？

戴哲尼跟著追上時，對方已經進去電梯。他看著那抹熟悉的背影，已經不管剛才有多掙扎，忍不住大喊：「海翼，我喜歡你。」

海翼隨即回過頭看了他一眼，但是眼裡卻帶著悲傷與焦急，他微微張嘴打算說點什麼，思忖幾秒彎身按下電梯門開關。

沒有得到回應的戴哲尼又衝上前，趁著電梯門還沒關上之前又喊了一次。

然而，海翼仍舊沒有回應他，而是欲言又止看著他直到電梯門關上。

戴哲尼盯著剛關上的門許久，他不懂海翼剛才的眼神是什麼意思，只感覺很焦慮、很悲傷。

「我都說這麼清楚了……所以，他是拒絕我嗎？」戴哲尼失魂落魄地問著自己，只要一想到剛才海翼什麼都不表示的反應，他的心口就感到疼痛。

再後來他就聯絡不上海翼了。

本以為下午對方就會回來，但是他始終沒等到對方的身影。手機不接、訊息不回，而那天下午辦公室也亂烘烘，他隱約聽到人事會有很大的變動。

不過，詳細情形他還不清楚。

直到他下班回家為止，仍舊沒有得到海翼的回音，直到這一刻他才發現自己的生活幾乎被這個人佔滿。

「為什麼都不回應？到底在忙什麼？」戴哲尼突然覺得時間變得好漫長，逼近深夜仍舊沒等到對方的消息，他在這段期間發送的訊息都是不讀不回的狀態。

「茉茉這傢伙的建議根本爛透了——結果有夠慘。」

戴哲尼坐在沙發上非常焦慮，頻頻看著手機，期望對方能有個回應，隨著時間一分一秒過去仍舊沒有動靜。

「等等——他該不會跑了？」戴哲尼思及此連忙跳起來，衝去海翼平時放置個人用品的地方，看到熟悉的行李衣物都還在原位，他才安下心。

「嗯？」戴哲尼頓了一下，在海翼的包包內看到熟悉的東西。

「怎麼會……在這裡？」戴哲尼從包包內撈出一條老舊的幸運繩，不敢置信地左翻右看，從繩子背後看到自己的名字拼音後，才確定自己並沒有看錯。

「為什麼海翼會有我的幸運繩？」戴哲尼思索一會兒，才想起他穿越過來之前遇到一個走失的小男生，當時他為了安撫孩子將繩子送給對方。

對他來說，這也不過才數天前的事而已，他記憶猶新。

「海翼就是那個小男生？」

戴哲尼盯著那條幸運繩許久，心裡受到的衝擊一時還消化不了。

「有這麼巧的事？不對，這已經不能用巧合來形容了。」戴哲尼一想到平時花錢不手軟、隨手就能拿出高檔精品的海翼，把這條談不上有價值的繩子保存到現在，也就代表海翼對這段回憶非常重視。

「所以我穿越過來，是為了遇到你嗎？」

戴哲尼思及此心情更複雜，他現在唯一的念頭就是快點找到海翼，再表達一次自己的想法。

可惜，這一夜依然沒有等到海翼回來。

◎

林懷恩隱約覺得今天不太平靜，平日隨時都能聯繫上的梁文森，今天特別忙的樣子，訊息都很晚回，甚至無法一起下班回家。

擔心他忙到沒吃晚飯的林懷恩，特地拎宵夜來梁文森家，卻發現對方還沒回來。

「還在加班嗎？他今天也太忙了吧──」林懷恩拿起手機試圖聯繫依舊未果，盯著門前的電子鎖，他懷著忐忑的心情按下密碼順利進屋。

「哇──真的用我的生日當密碼欸……」林懷恩點亮燈光後，不禁浮出笑意。

「雖然交代過可以隨意進來，但是這麼做還是有點不習慣──」林懷恩放下宵夜環顧乾淨的屋內，對於自己已有個男友仍然沒真實感。

此時梁文森剛好回電，接通就聽到對方的聲音著實安心不少。

「懷恩，找我？」

「對啊，我帶了宵夜要給你，還在加班？」

「是啊，因為董事長——」

梁文森的口吻與平時多了一點嚴肅，林懷恩皺起眉追問：「董事長怎麼了？」

「……沒事，是公司有重大的狀況，我得處理才行，還不確定什麼時候可以下班，你在我家嗎？」梁文森聽到他的聲音吁了口氣，想將疲憊都拋去。

「是啊，抱歉我突然跑來，這樣的話我先回去好了。」

「不、太晚了，你就在我家過夜，我的房間你可以隨意使用。」

林懷恩放下宵夜，感受到他忙得抽不開身的氣息，並不想耽誤他的工作說道：

「沒關係，我自己回家沒問題。」

「聽話。」梁文森突然吐出長輩的嚴厲口吻，讓林懷恩愣了一下，雖然有被訓斥的感覺，他卻覺得是對方過於強烈的照顧感到溫暖。

「好，我就在你家過夜，你也要找時間休息。」

梁文森聽到他的叮嚀，安撫了自己紊亂的心思，用著剛才不同的深情口吻說道：

「你來找我，我很開心。」

兩人短暫交談幾句後就結束通話，林懷恩握著手機隱約感到不安，他唯一能做的就是耐心等待對方回來。

梁文森直到凌晨才得以返家，剛進臥房就見著窩在他床上睡覺的林懷恩，頓時有種他們好像正在同居的錯覺。

原本熟睡的林懷恩則因為他的動靜而轉醒，一睜眼就看見梁文森的臉色不太好。

「啊、抱歉，我吵醒你了。」正在換衣服的梁文森與他對上眼，滿懷歉意說道。

「沒事，我本來就在等你回來……你臉色很差，發生什麼事了嗎？」

梁文森換好衣服遲疑一下才開口：「對不起，之前答應你跟董事長見面的事，無法做到了。」

「啊、沒關係，如果他很忙的話──」林懷恩話才剛說完，梁文森搭著他的肩膀發出沉重的嘆息，林懷恩沒見過他這麼憂傷感而到不安。

「事實上，我才剛從醫院回來，董事長他剛剛過世了──」

消息來得措手不及，林懷恩忍不住落下眼淚。

海翼覺得自己的力氣，在剛才醫師從手術室出來告知結果時突然被抽光了。

手術室外除了他以外，還有海神百貨的高層們，他們正為了自己的父親海揚的離世陷入一片哀悽。

他面前的人們也為了父親離世後的工作做安排，這很現實卻也必須處理。

「兄弟，怎麼一句話都沒交代就離開了？太突然了……」身為副董的吳常山難掩傷心，不忘轉身安撫身旁雍容華貴的女性說道：「海音，你哥生前最掛念公司的事，我已經交代梁總明天準備開緊急會議，得盡快決定新的董事長人選。」

「嗯，拜託你們了。」海音頷首並望向坐在角落暗自悲傷的海翼。

她決定暫時給這孩子一點時間靜一靜，所有的必要工作都由副董與梁文森發落。

海翼並沒有理會眼前人們的對話，他覺得心裡好像被挖空一塊，需要有個人來填補，他的思緒裡閃過不久前戴哲尼認真對他告白的情景。

他有聽到，但是當下他無法兼顧。他的心情很混亂，戴哲尼失望的眼神深刻烙印在他的心裡，一想起就充滿歉意。

想與戴哲尼跟爸爸見一面的事也無法達成了——

仍處悲傷情緒的海翼，在院方人員的引導下，前往停屍間見自己父親最後一面。

他看見平時精神奕奕的人，現在卻已無氣息，覺得很不真實。

海翼目光失神守在父親身邊好一段時間，等著葬儀社的人員來協助。強烈的孤獨感、希望有個人能陪伴他的念想，導致他都沒意識到自己按下撥號鍵。

直到海翼聽到對方接通，才意識到自己做了這件事。

「海翼？你在哪裡？」

海翼聽到戴哲尼的聲音，瞬間情緒徹底潰堤。

他無法回應對方任何一句話，也無法控制自己的眼淚，他知道該跟戴哲尼解釋下午的情形，但他辦不到。

戴哲尼聽到手機傳來像是啜泣的聲音，對方卻什麼也沒說而感到擔憂。

「怎麼了？怎麼不說話？發生什麼事了嗎？」

海翼努力控制情緒，卻掩飾不了哭腔含糊說道：「我沒事。」

「你在哪裡？為什麼還沒回來？」戴哲尼覺得海翼的聲音不對勁，不停追問下卻只得到模糊的回答。

「公司發生了點事情，所以我還不能回去，我今天都沒辦法回去了……你可以不用等我，就先這樣了。」海翼說完後隨即結束通話，他的情緒還沒整理好，他也不想讓戴哲尼看到這一面。

他想回應戴哲尼的心意，只是時機不對，他希望戴哲尼能多給他一點時間。

再等一下——一下下就好——

「爸、該醒了……不要睡了……」海翼的眼淚仍然止不住，沉浸在與父親過往的回憶，與父親這幾年衝突不斷，甚至到最後這段日子是斷聯的狀態。

他想，如果在之前撥個電話，會不會減少心中的遺憾？

他現在滿腦子都是與父親相處的過往，尤其兒時那段總是讓他做惡夢的走失經驗，事實上在當時迎來美好的結局。

有大哥哥的陪伴下，他順利等到父親找到自己，雖然難免被叨唸幾句，可是被父親緊緊擁抱的記憶深刻。

「只是講個電話回頭就不見人，以後別亂跑，別讓我找不到人——」

海揚可能在找他的過程緊張過，直到抱住他的那一刻，海翼才發現父親的身軀正微微顫抖。

被擁抱的溫度與觸感，時過二十多年他依然印象深刻。

「爸，我這次不會再亂跑了——你醒來好不好？」

他很清楚再也得不到父親的回應了，思及此他不禁再次哭出聲來。

◎

戴哲尼頂著精神不濟的臉上班，剛進公司便發現氣氛不太對。可是他並沒有理會，整個心都懸在昨天發生的一切。海翼的異狀、自己的告白沒有回應，為此他整晚睡不著。

「今天那傢伙會來上班嗎？」戴哲尼正在一樓準備從員工用的電梯進辦公室，卻聽見後方傳來一陣騷動。

他回頭一看發現幾個穿著套裝、西裝筆挺的人走進大廳。

「咦？」戴哲尼卻在這些人之中看到海翼，他一度以為自己看錯。

雖然穿著與平時不同，但是那張臉絕對不會認錯，但……這是怎麼回事？

戴哲尼看著那群人走過去，雖然能有短暫的機會近距離看到海翼，但是對他來說卻相當陌生。這個海翼與以往在倉庫裡一起生活、偶爾鬥嘴、生活技能超差，還有點廢的模樣截然不同。

「聽說中間那個年輕人就是新上任的董事長。」

戴哲尼聽見身後的職員交談，這才曉得情況。

「海揚董事長走得很突然，所以今天他兒子就被叫回來接任了。」

「他也太年輕，而且聽說沒經驗，海神百貨未來沒問題嗎？」那些職員們邊說邊走遠，戴哲尼還呆站在原地。看著梁文森與海翼並肩交談的樣子，對照之前的情形其實都有跡象，包括他能順利進海神甚至短時間內升正職。

「難怪之前梁文森跟陸思琪的事，他馬上否定也沒有懷疑，因為他們早就認識。」

戴哲尼突然覺得自己像被排除在外感到衝擊。

當他懷抱沮喪的心情進辦公室時，曾銘峰卻一臉討好的笑臉，捧著早餐靠近他。

「哲尼哥，我幫你準備了早餐，你還需要什麼儘管吩咐啊。」

戴哲尼不禁渾身起雞皮疙瘩問道：「主任，你幹麼這麼客氣？你想做什麼？」

曾銘峰一臉委屈回道：「講得好像我對你很不好。」

「但是沒有像今天這麼熱情吧？你有什麼事？」戴哲尼搖頭，曾銘峰過往對他相當尊重，但是今天的態度簡直突變。

「我只是想知道，新任董事長對我有沒有什麼新安排。」

「你是說……海翼？」戴哲尼一提起那人的名字，不舒服感又明顯了。

「是啊！我之前就在懷疑他的身分，果然被我猜對了，看來他之前進來這個部門是微服出巡啊！而且你跟他一定也很要好，我也是有心想讓公司更好，到時候你要多幫我說幾句好話啊。」曾銘峰搓搓手，眼裡有期望的光彩。

看在戴哲尼的眼裡，卻是增加他對海翼的不信任感——曾銘峰都察覺了，自己居然都沒發現？他突然覺得自己好像傻子，甚至有股衝動去當面問個清楚。

◎

「唉……真累。」

海翼剛從一場肅殺氣氛很重的會議脫身，回到辦公室時已精疲力竭。

這場董事會議，要不是姑姑海音拿出海揚老早就立好的遺囑，證明指定他繼承，海翼在這場會議裡根本毫無勝算。

因為早幾年與父親起爭執負氣不聯繫，在公司高層內部並不是祕密；加上他長年在國外從未參與過海神的營運，更與這些人沒有交集，因此對他們來說，自己就是個空降的外人。

整場會議下來，他甚至可以感受到吳常山對他非常不滿意，更當面拉攏其他董事打算拉下他，把梁文森拱上董事的位置。只有海揚的親妹妹，海音與他同一陣線。

雖然有遺囑做為依據，海翼才得以穩住自己的繼承權，可是畢竟攸關一個大企業的運作，在場最有話語權的吳常山，想盡辦法要把他踢出決策高層。

因此在過程中提出三個月的期限，由海翼以代理董事長身分與梁文森公開競爭營運業績為基準，誰勝出就接下正式的董事。為此海音並不贊同。

剛接下父親職務的海翼很清楚條件對他不利，可是他沒有拒絕的餘地，明白必須做出證明才能讓那群人信服，因此不顧姑姑的阻攔答應吳常山的條件。

「繞了一大圈，還是回來了——」

海翼靜下心來才注意到，目光所及都是父親留下的東西，從文具到擺設都有海揚慣用的風格，辦公桌上還有父子合照。

「結果那次來……居然是最後一次跟爸說話的機會嗎？」

海翼盯著那張合照，眉頭深鎖。他記得當時的自己心情很差，與父親的關係近乎降到冰點，被帶進辦公室時，海揚還要他試著坐在這張具有身分象徵的椅子上，其中帶著何種意涵一目了然。

「我說過我不接，而且我明天一大早就要搭機，正忙著打包行李，你特地找我過來又要跟我吵這件事？」海翼拒絕他的要求，站在原地抱怨。

「我說過，我積攢下的的家業遲早要交到你的手上。」海揚語氣溫和苦勸。

在氣頭上的海翼根本不想聽，狠狠回道：「我有我的路要走，而且我從小到大你就是一直在工作，就連唯一一次帶我去跨年，你為了接工作的電話還把我搞丟，我才不希罕這個家業。」

「那次是意外！」

「那好，過去的事我就不提。」海翼露出比剛才更氣惱的神色說：「我之前也跟你說過，吳常山這個人有問題，可是你不信。」

「不可能，老吳是跟我一起打拚上來的兄弟，你不懂別亂說。」

「對！我不懂，說穿了你根本就不信任我，又何必要我接班呢？我的人生我自己選擇！我會證明沒有你的支持，我一樣活得下去！」海翼覺得再談下去只是浪費時間，說完後就轉身離開，從此父子再也沒有見面過。

從回憶中回神的海翼，原本平復的情緒又翻騰起來，在這時刻無人可陪伴的他只感到孤獨。姑姑海音突然推門而入，他馬上收起悲傷，但是些微泛紅的眼角藏不了事實。

「海翼，我來送個東西。」海音口吻平靜，很貼心裝作沒看見。

「什麼？」海翼看到她手上的盒子感到不解。

「這些本來是你爸要給你的，現在物歸原主。」海音將盒子放到桌上。

海翼打開盒子，發現裡面全都是被包裝成禮物樣式的物品，以及幾張手寫卡片。

「你爸都有記住你的生日，一直沒機會交給你。他也很常跟我說他太忙，加上你媽走得早，他幾乎沒時間陪你，但是他又不善表達。」海音拍拍他的肩解釋。

「我還以為他一點都不在乎我。」海翼盯著那堆禮物出神，眼角又泛出淚水。

「怎麼可能呢？他就只有你這個孩子，不疼你疼誰啊？」海音想起會議的情形，露出不滿的反應：「那個吳常山真的很可惡，擺明就是想把你踢走。你現在就專心顧好公司，你爸的後事全都交給我處理就好。」

「好，謝謝姑姑，我會努力。」海翼因為她的安撫，情緒穩定許多。至少在這一刻他並不是孤立無援，就算只有一個人支持，他也能與吳常山繼續對抗下去。

海翼調整好心情後，就全心全意投身在工作裡，雖然初期幾天仍在磨合，但是他已經逐漸上手，卻也遺忘了某些事情，直到有人闖了進來提醒他。

「等等，你沒預約不能進去——」祕書急忙大喊，依舊擋不住突破重圍的戴哲尼。

原本專心工作的海翼抬頭看到他，腦袋有幾秒一片空白。

「抱歉，我沒能來得及阻止。」站在戴哲尼後頭的祕書連忙行禮。

海翼的視線則落在戴哲尼身上移不開，朝祕書揮手說：「沒關係，妳去忙吧。」

「好的。」祕書敏銳察覺他們有事要談，隨即退出辦公室並關上門。

海翼的視線始終沒有從他身上移開，兩人互看著彼此，就像往日陷入爭執冷戰時，雙方都不想認輸。

「你為什麼要騙我？」戴哲尼的態度很不友善，這一趟擺明就是打算來吵架。

海翼早就預料到結果，他並不想看到戴哲尼受傷的表情。但是情況過於複雜，他得以工作為優先，更何況他與戴哲尼之間還有個心結未解。

「我並沒有騙你吧？你又沒問過我。」

「我……沒有問嗎？」戴哲尼被堵得一時語塞，仔細一想……他還真的沒問過海翼的家庭背景，可是好不容易見到人，他絕對要把握機會問清楚。

「那……你可以主動說啊！我們一起住這麼久，我還是透過別人才知道你是誰。」

「你願意跟我做朋友，是因為我的人而不是我的身分吧？」

「當然不是啊！雖然我一開始是想賺你的錢，可是後來我真的把你當朋友啊。」

「這樣的話，有什麼問題？」

戴哲尼見他無所謂的態度怒氣更盛，喊道：「我什麼事都跟你說，穿越的事也講了，可是你這麼做，不就表示從沒信任過我？」

一聽到穿越這個詞，海翼皺起眉說道：「我並沒有不信任，而且你也說你隨時都會回去，這樣的話你也就不必知道了吧？」

「你真的這樣想？把我當過客的意思？」

……當然不是，我也想留住你——

海翼心裡冒出這個念頭，卻沒有說出口。現在的他無法分神兼顧戴哲尼的事，只好故做冷淡回道：「你要這麼想我也沒辦法，而且每個人都有不想說的祕密，我不覺得這件事，有哪裡對不起你。」

「好，我知道了。」戴哲尼聽到這麼絕情的解釋，他已經不抱任何奢望，別過臉不再與海翼視線接觸，說道：「從今以後我們……切八段！」

戴哲尼說完後轉身離去，海翼並沒有追出去的打算，而是看著早已空無一人的方向，疲倦又沉重地發出嘆息。

「我現在剛遭遇什麼事，你又不是不知道，為什麼不多體諒我一點呢？」

海翼還沒調適好被戴哲尼擾亂的心情，祕書此時突然送了一份文件進來。

他看到文件的樣式，臉色一沉說：「放桌上吧，我等一下處理，妳先去忙。」

「好的。」祕書放下那份頗有厚度的文件隨即退出，海翼則是再三確認不會有人打擾，將裡面的東西拿出來。

「果然跟我猜想的一樣，吳常山這個人有問題——」海翼拿在手上有好幾張角度從隱密處偷拍的照片，顯示的地點是一家著重隱私的高級會所。

吳常山與一名西裝筆挺的人交談，海翼從文件內附註的資料才得知，此人是陸廣集團的人，更令他在意的是照片中還有第三人在場，同樣露出交談甚歡的表情。

那個人就是梁文森。

海翼捏著照片，表情意外平靜，並拿起手機按下撥號。這通電話的主人一如過去的作風，很快就接通。

「Sam，我收到資料了，該動手了——」

◎

夜裡，海翼在一間隱密的會所包廂內，他臉色很不好，坐在他面前的梁文森則一臉坦然。

「你可以跟我解釋這是什麼東西嗎？」海翼將白天取得的照片丟到他面前。

梁文森看了一眼淡淡說道：「只是幾張應酬的照片，董事長要我解釋什麼？」

「你背後有吳常山當靠山我不意外，但是你們怎麼會跟陸廣勾結？」

梁文森聽聞無奈回應：「陸廣是我們的電商平臺，工作上有應酬不是什麼問題。」

「我知道吳常山很想把你拱上董事長的位置，找了陸廣不就等於替你找外援嗎？」海翼想到之前會議上與吳常山立下的約定，這些照片證明吳常山介入這場董座之爭的事實。

梁文森面對他的質問仍舊處變不驚，甚至態度比先前還要更冷淡。

「如果我真的要借重陸廣的力量，我當初就會答應跟陸思琪聯姻，何必在這邊跟你耗？反正你跟她已經分手了，不是嗎？」

提起陸思琪，海翼徹底被激怒並拍桌罵道：「說不定你在玩兩面手法！虧我爸那麼信任你，梁文森，我警告你，要是被我發現你跟陸廣有勾結，我絕對不會放過你。」

梁文森面對他的指責態度不如過去的客氣，帶著怒氣回應：「就算你是董事長也不能亂懷疑。我剛剛也解釋了，跟陸廣就是一般公事往來，請董事長自重。」

「我只是醜話說在前，你最好安分點。」

面對海翼的質疑，梁文森相當氣惱，而兩人在這一刻也徹底決裂。

海翼與梁文森不歡而散，離開會所時已經很晚了。

司機開車載著他回家的路途上，他看著車窗外的風景疲憊又孤獨。

此刻的他很想找個人說說話，腦海中閃過的唯一人選，居然只有戴哲尼。

「仔細一想我白天有點太狠了，是說切八段是什麼意思？絕交嗎？」

海翼回想當時的情景開始反省自己，雖說為了公司的問題自顧不暇，但是當時自己的確口不擇言。戴哲尼受傷的表情，只要有空檔就會溜進他腦海裡反覆播放。

「稍微……稍微跟他和好一下，以他的個性應該就能恢復到之前那樣。」

海翼拿起手機按下撥號，隨著鈴聲一陣又一陣，始終沒有接起的跡象，使得他越來越沮喪，最終因為看見海音插撥的提醒，只好關掉通話鍵。

第七章　被揭露的事實

「哎？居然切斷了嗎？」戴哲尼捧著手機一臉震驚問著魏瑟茉。

「才響十九聲而已，他也太沒耐性了。」魏瑟茉頗為輕蔑地說道。

「不是，我好不容易等到他主動聯繫，妳出這什麼餿主意啊！」戴哲尼覺得自己錯失很重要的機會，尤其是他向海翼發下絕交的豪語之後，其實馬上就後悔，為此才會找魏瑟茉談心。

「哪是？這麼大的事情他居然瞞著你，這是欺騙你啊！」魏瑟茉不忍心看戴哲尼失落，頻頻為他打抱不平。

「是嗎？可是說不定他在等我。我應該主動回撥……」戴哲尼拿起手機作勢就想按下通話，馬上被魏瑟茉阻止。

「不行！這是對他的考驗，你不能輕易低頭。」

「可是總要有一方低頭才能解決問題——」

「一吵架你就退讓，你就會被他吃得死死的！那叫愛到卡慘死！聽我的就對了。」

雖然戴哲尼仍有疑慮，但他認為可能是二十年後的想法不同，魏瑟茉畢竟是這個年代的人，最終他決定聽對方的建議不回撥。

海翼那通沒聯繫上的通話，本以為戴哲尼會有所回應，可是他從晚上等到隔天上班卻仍舊沒有動靜。以往戴哲尼會盡快聯繫，這次就像失蹤一樣不曾遇過。

「為什麼不回覆？他到底在幹麼？」海翼盡量將注意力放在工作上，但是每隔幾分鐘就會拿起手機察看，沒有回電起碼會回個訊息吧？

可惜，戴哲尼這次連訊息都不回覆，讓海翼很不安。

「還是……我傳個訊息給他問問好了。」海翼就是放不下，拿著手機在輸入欄打了幾個字，卻刪了又寫、寫了又刪，寫不出自己理想的句子。

「我知道你在生氣，今天晚上可以見個面嗎？我想跟你道歉——」

海翼打完這行字又陷入冗長的思考，想起昨天的爭執、想起這幾天自己面對的煎熬與傷痛，又想起戴哲尼很想回到過去的事實。

他越想越覺得自己有委屈的地方，意識到自己這兩天過分思念對方的事實，一點也不想承認，他居然還因此臉紅發燙！太羞恥了。

「你又不是我的誰，我為什麼要道歉？我又沒有做錯事情！」海翼一氣之下把好不容易寫完的詞句通通刪除，並把手機扔到一旁。

他更想將在意戴哲尼的心情消除。最好的辦法，就是認真工作。

把所有的時間都塞滿行程，而這麼做的確很有效。

他正處工作銜接期，有太多事情要確認，接不完的電話、簽不停的文件，可以不去想戴哲尼到底什麼時候才願意聯絡他。

「請問——董事長，我能耽誤您幾分鐘嗎？」沉浸在工作裡，正在與祕書談工作準備步出電梯的海翼，聽到一個陌生的男性嗓音，隨即停下腳步回望。

林懷恩見他願意停下難掩喜悅，海翼看了他一眼，向祕書示意對方先離開，直到剩下兩人才開口：「有什麼事嗎？」

「董事長，我叫林懷恩，是行銷部的員工，我……」林懷恩一時緊張，停頓幾秒才說道：「我其實第一天上班就很想見見您跟老董事長，想跟你們說聲謝謝。」

「你認識父親？」海翼困惑地看著他，正思索著這人的名字好像在哪聽過。

「我是在海神百貨資助的仁德育幼院長大的，所以才會想進來這裡上班，報答你們的恩情。」

海翼此時注視著他，心裡不禁泛起一股感傷。這是他不曾知道的事情，原來父親一直都在默默做這些事嗎？

「原來是這樣……」海翼的語調變得低沉，林懷恩察覺到他的悲傷，連忙安慰。

「院長和我跟整個育幼院的孩子對老董事長的過世非常難過，請你節哀。」

「謝謝你們的關心。」海翼勾起淺笑，神色比剛才還要放鬆些。

「要謝謝的人是我，沒有海神百貨的資助，不會有現在的我。」

林懷恩真誠的目光讓海翼著實注視了好久。

他意外在別人身上看到父親留下的痕跡，就好像那些無法送到他手上的禮物一樣，他的父親總是默默地、安靜地做好每一件事，也加深他心中的遺憾。

「不用客氣，海神一直都有做公益慈善，未來我也會延續我父親的理念持續下去。」

「我很開心能當面跟你說謝謝。」

林懷恩發自內心的感激，並努力穩住情緒不在海翼面前失態，因為他眼底發痠好像快哭出來了。

海翼終於想起來他是誰，並問道：「你叫林懷恩，對吧？你是不是戴哲尼的朋友？」

「是，董事長怎麼會知道？」林懷恩一臉詫異，他沒料到戴哲尼會認識海神新任的董事長。

「我……嗯……如果你遇到他，跟他說——」海翼猶豫幾秒最終打消念頭，畢竟他跟林懷恩也才認識不到幾秒，難以將隱私的情緒洩露出去。

「算了，沒事，我還有其他事情，我先走了。」海翼拋下這句話就轉身離開，留下仍然一臉困惑的林懷恩。

◎

晚上，戴哲尼懷抱著期望準備兩人份豐盛的晚餐。

「如果照林懷恩說的那樣，的確是需要問清楚……」

戴哲尼看著一桌的食物陷入思緒裡，回想不久前下班時遇到林懷恩的事。對方興高采烈地向他分享遇到海翼的事，更提到自己想對海神老董事長感謝的心意，終於有機會表達。

戴哲尼被他感染喜悅，但是想到又跟海翼有關，不禁露出複雜的情緒。

就在這時，林懷恩又說了：「對了，董事長他有提到你。」

「他說了什麼？」戴哲尼聽聞，心臟漏跳一拍有些緊張，因為整天下來他等不到海翼的回覆，心情惡劣得很。

「他感覺話只說一半而已，是說……他認識你？他就是你室友？」

「對啊，就是他。」戴哲尼不禁擺出無奈的臉，林懷恩發現與海翼的反應一樣，更好奇兩人之間發生什麼事。

「你的室友居然是新任董事長，為什麼不跟我說啊！」

戴哲尼沉不住氣抱怨：「我怎麼知道，他一夜之間突然變海神的董事長。」

「真的？你每天跟他相處，他都沒說過？」

「如果我知道的話，還需要每次買東西都要找你用員工價嗎？他根本把我當傻瓜，之前讓我住海神百貨的倉庫，我還很感激他。另外又幫我安排工作，每天都在幫他想怎麼搞定工作……光是這些，他一定都偷偷笑我——」

戴哲尼越想越氣，突然也不想再等對方回訊息，甚至希望現在就回到過去。

「所以，你們吵架了？」林懷恩回憶起海翼當時欲言又止的反應，意識到雙方都明明很在意彼此，再這樣吵下去只會越來越糟，他必須幫忙說點什麼。

「我想他應該不是那樣想。你想想、如果不是老董事長突然過世，他現在應該會繼續跟你待在人事部磨練，我認為他沒有取笑你，他想跟你一起努力。」

「是嗎？」戴哲尼想起海翼反駁自己沒問他，加上前一陣子的相處時光，海翼出身家境優渥的事，嚴格來說的確沒有刻意隱瞞，只是自己不會聯想到他是海神老董事長的兒子。

「而且老董事長突然過世，他臨時被推上那個位置壓力一定很大、事情很多，這種時候更需要有人挺他才對。」

戴哲尼因為這番話才被點醒，海翼現在可是遭逢至親離世的衝擊，心情肯定很混亂。換作是自己一下子要面對這麼多變化，也會很心煩意亂。

林懷恩的開導，讓他意識到自己對海翼賭氣的行為，太過不成熟也不體諒。

戴哲尼因此轉換想法，晚上弄了一桌菜想安撫海翼。

至於雙方糾結的事情，的確需要靜下來談談。況且除了隱瞞身分以外，海翼對他並沒有做出惡劣的事，甚至還備受對方照顧。

兩相比較之下，戴哲尼原本哀怨又憤怒的想法已經消退。

他更願意退一步，讓雙方的關係修復。

然而，他的期待隨著時間流逝慢慢消失。

戴哲尼在等待的過程中，不敵白天工作積累的疲累直接睡著，等到再次清醒居然已經是隔天早上的事。

他看著整桌早就涼掉的餐點，再一次受到打擊。

「訊息也不回、手機也不打了……昨晚還想體諒他的我是笨蛋，茉茉說得對、愛情是平等的！我不需要這麼卑微！」

戴哲尼氣惱地將桌子收拾乾淨後，快速梳洗整理準備上班。

本來他打算從現在起，忘記海翼專心上班，可是命運還是不打算放過他。

戴哲尼才剛進辦公室，曾銘峰帶著一臉笑意朝他走來。

「恭喜你啊！剛剛董事長發希新的人事調動通知，從今天起你就是他的特助了。」

「啊？真假？」戴哲尼一臉茫然反問。

「當然是真的，調令都發下來了，你等一下快去報到吧。」

曾銘峰笑得很開心，但是戴哲尼卻陷入沉思。雖然這是能立刻見到海翼的機會，就如林懷恩分析那般，海翼需要有人支持，而且這麼直接的把他調到特助的位置，意圖也相當明顯。

可是，海翼仍然沒有主動聯繫自己的事，至今他仍無法釋懷。

就算只有一句訊息也好，偏偏就是沒有——

「可是，曾主任我還想在人事部多學習一陣子，不想調職。」

曾銘峰提高音調回道：「這是多難得的機會，不是說去就能去的職位，你不要？」

「我在這裡工作，也是為海神工作，都一樣的。」

曾銘峰聽聞，忍不住伸手摸他的額頭，就怕他是不是發燒，才會做出這麼不明智的決定。

◎

海翼心想，今天大概是這陣子以來，最期待上班的一天。

儘管，他這兩天等啊盼啊，還是等不到戴哲尼任何回音。

他想起之前兩人幾次冷戰的經驗，戴哲尼可是會堅持好幾天的人，因此他不能再放任下去。

「既然這樣，我就用工作的名義把你調過來，逼你每天跟我面對面，看你怎麼無視我。」海翼盤算之後，雖然預期戴哲尼一開始態度肯定不太好，但是沒關係，他已經做好心理準備。

海翼光是想到不久之後就能見到戴哲尼，嘴角忍不住浮出笑容。

他步伐輕快地從停車場走往百貨公司入口處，看到熟悉的身影，露出與剛才不同、別有心思的笑意。

「梁總，早。」海翼來到他身後，氣勢硬是比他高一階。

「董事長，早。」梁文森態度與平常無異，兩人就這麼互看，他感受到海翼打量的目光非常不友善。

「我上次說要看週年慶後的業績報告，怎麼還沒收到？」海翼的眼神寫滿挑釁，梁文森並沒有被影響。

「報告還在整理。」

「還要等多久？一星期？兩星期？週年慶之後人潮下滑、專櫃撤櫃，還發生美食街有人抱瓦斯桶鬧事。梁總，這樣不行吧？」

「美食街鬧事那件事的確有不妥的地方，已經做處置與檢討。週年慶後的缺失，則與相關部門在研擬政策，三天內一定會提交報告給您過目。」梁文森面對他的提問有條理地說清楚，至於瓦斯桶那件事，他更是餘悸猶存，因為林懷恩可是當時直接面對的人，幸虧他處理得當得以化解。

而這件事，負責指派工作的東尼一度向他提出辭呈謝罪。

林懷恩因為東尼對自己的好感，在工作上被刁難，他其實都知情，藉這次的事件與東尼一次說清楚。這件事他並沒有讓林懷恩知道，目的只想那個孩子平平靜靜的工作就好。

東尼被他慰留，就事論事來看，這個人的工作能力很好，往後絕對是得力助手。

如果海翼打算追究這件事，他絕對會力保這些人不被革職。

海翼聽完他的解釋，露出不以為然的笑意說道：「美食街的事我就相信你，至於週年慶的報告，希望是在海神百貨倒閉或被陸廣收購之前，能知道你的對策。」

「董事長是在懷疑我的向心力？」梁文森此時終於露出不悅的表情。

「你認為呢？」

梁文森不再掩飾心情，義正辭嚴說道：「老董事長從沒質疑過我！」

海翼輕輕笑道：「一朝天子一朝臣，現在是我作主，請你別忘了。」

他說完後，笑容又更大了，逕自往大廳內走。臉色不太好的梁文森則安靜地目送他離開。

這段短短的交集，卻也導致兩人疑似水火不容的消息，在海神公司內部流傳。

海翼不在意剛才與梁文森的事，是否有其他人目擊。反正兩人現在可是競爭關係，三個月內他得想辦法穩住海神董事的位置，他現在得步步為營，不能有閃失。

甚至覺得剛才對峙的結果是自己略勝一籌感到開心，走進自己的辦公室為止仍然帶著好心情，期待戴哲尼等一下出現在他面前。

「跟他見面的時候該說什麼好呢？」

海翼開始來回踱步，他從沒想過與戴哲尼見面居然會緊張。

「要裝作什麼都沒發生過？還是給他一個擁抱？不不，抱他就有點多了……」

就在海翼認真思考時，突然傳來敲門打斷他的思緒，他心心念念著戴哲尼就快出現，但是進來的人卻是祕書。

海翼看著對方為難的表情，頓時有不好的預感。

「董事長，剛剛人事部回覆，戴哲尼不願意調部門。」

這是海翼沒有想過的結果。

他有幾秒腦袋空白，為了不讓祕書察覺異狀，維持一貫的冷調回應：「我知道了。」

祕書恭敬地退離辦公室後，他卸下剛才的掩飾，一臉懊惱地低頭嘆息。

◎

戴哲尼調職的事，很快就傳到林懷恩的耳裡，公司內部的小道消息傳遞速度很快，不過其中也有不少可信度值得商榷。

例如，梁文森與海翼在停車場疑似起爭執。

這種消息林懷恩覺得肯定是假的，以他對梁文森的瞭解，很難想像那麼穩重、負責任的人會做這種事。

他對這則八卦一笑置之。至於戴哲尼調職一事，他剛好要去人事部，藉此機會找當事人證實。

「戴哲尼——」埋首工作的戴哲尼聽見熟悉的聲音，抬頭就看見林懷恩治癒人心的笑容。

「你怎麼來了？」

「這個要給你們經理。」林懷恩晃了晃手上的資料夾笑道。

「他剛好不在，你給我，我幫你轉交。」戴哲尼接過文件準備收好，林懷恩見四下沒外人，連忙湊近低語。

「我聽說你被董事長調去當特助?所以你們和好了嗎?」

「根本沒和好,而且我拒絕調部門了。」

「為什麼?明明可以跟他說清楚的機會,不是嗎?」林懷恩提高音調感到不解。

「嗯——」戴哲尼欲言又止看向他,想起昨晚受到的委屈,他真想找個人談談。

「在這邊說不方便,下班後我們吃個飯聊聊好不好?」

林懷恩看出對方需要有人陪伴談心,可惜有事,只能惋惜說道:「我今天要幫同學的工作代班,已經答應拒絕不了。」

戴哲尼難掩失望,狀似不服氣喊道:「少來,你要跟總經理約會吧?」

林懷恩連忙否認:「才不是!今天真的不行,明天再一起吃飯吧?」

「真的?要跟他約會,坦白從寬喔。」無論林懷恩多真誠,戴哲尼還是不相信。

林懷恩無奈地想著,如果真的是約會就好了——

他也很想跟梁文森下班後獨處,不過既然已經答應同學就不能失約。況且梁文森今晚有工作,想約會的夢想只好改天。

代班的收入當作零用錢,下次去吃一頓好的吧——

林懷恩這麼想著,在下班後趕往同學工作地點,是一間高檔日式料理店。換上工作服後,很快就融入其中,熟練地幫忙送菜、就算只是代班也不馬虎。

尤其是這種隱密性高的單獨包廂,有不少商務人士喜歡挑這裡談工作應酬。林懷恩端著料理準備進其中一間包廂,聽見裡頭的交談聲感到狐疑。

這聲音怎麼有點像梁文森？

當他想著可能是自己多心時，卻直接目擊梁文森也在場，而與他交談的人是海神的副董吳常山。

梁文森看著他，感到吃驚，心裡滿是疑惑。

為什麼這孩子會在這裡？下班不休息，跑來兼差嗎？

諸多疑問，在有外人在場的情況下不好表示；梁文森為了不引起吳常山注意，便裝作不認識林懷恩。

吳常山心情很好，並未發現他們短暫幾秒的眼神交流，自顧自地說著：「梁總果然識時務者為俊傑，我很期待三個月後你坐上董事長位置，到時候海翼那小子的表情真讓人期待。」

林懷恩聽聞一時忘了還在工作，不敢置信地望向梁文森。對方卻是刻意迴避他的注視，與吳常山轉移話題，並偷偷用手勢示意他快離開。

林懷恩馬上注意到他的提醒，雖然心中有許多疑問，可是秉持對梁文森的信任，他按捺住情緒悄悄退出包廂。

接下來，林懷恩一直不專心，好不容易看見梁文森離開包廂往洗手間的方向走去，他連忙尾隨跟上。

「總經理，你跟吳副董在密謀什麼事？三個月後你會當上董事長？」

梁文森早就猜到這孩子肯定會追問，他更費解為什麼對方會出現在這裡。

「你怎麼會在這裡？在這裡打工？」

梁文森的態度跟平時沒兩樣，但是在林懷恩的眼裡反而怪異，然而本性使然，他還是乖乖回答對方的問題。

「我只是幫同學代一晚的班，不是打工。倒是你怎麼可以沒有是非道義？」

梁文森面對他的指控，擰眉回道：「公司現在的狀況，你分得清什麼是是非、什麼是道義？」

林懷恩越聽越失望，不敢置信地說：「你跟吳副董密謀要拋棄一手栽培你的海神百貨，這就是不對！我都看到了。」

「事情不是這樣——你……」梁文森突然覺得他的失望眼神像一把刀，刺得胸口發痛。他很想解釋清楚，但——再這樣下去會讓一切功虧一簣。

梁文森斟酌再三，無奈地回應：「很抱歉，讓你失望了，但這就是商業社會的叢林法則。我只希望你能放心，無論我做什麼，絕對不會傷害你。」

林懷恩搖搖頭拒絕他的解釋，憤慨喊道：「你傷害董事長就是在傷害我。」

他丟下這句話後就頭也不回離開，當然也沒發現梁文森焦急、欲言又止的模樣。

經歷昨晚的事後，林懷恩的心情始終處於低谷，中午與戴哲尼一起吃午餐時仍舊沒有好轉，應該說更差了。

「唉——」兩人此時不約而同發出嘆息，彼此回過神發現都是愁眉苦臉。

「你怎麼啦？跟我一樣心情不好？」戴哲尼率先打破沉默好奇問道。

「總經理他——」林懷恩剛開口，就想起昨晚在餐廳發生的種種，為此他還帶著一絲期望，一大早就去梁文森家門口試圖勸說。

然而，梁文森的態度比昨晚更強硬，還說了不少詆毀海翼的評論，讓他開始懷疑兩人不合的傳聞不是空穴來風。

面對梁文森試圖搶奪權位，宛如背叛者的行為，他除了失望，更多的是心痛。早晨的勸服沒有效用，反而造成彼此更嚴重的爭執，這也是林懷恩料想不到的狀況。明明在這之前梁文森還是個為海神盡心盡力的人，怎麼會突然態度丕變呢？

林懷恩一直想不透。

「總經理怎麼了？」戴哲尼見他停頓太久連忙追問。

林懷恩為難地看著他鬱悶，回道：「算了，我們能不提他嗎？」

「你跟他鬧脾氣喔？真難得，他不是很疼你嗎？你不要人在福中不知福啊。」戴哲尼訝異說道。

「你不懂！有問題的人是他！倒是你，你自己還不是在跟董事長鬧彆扭，他都想把你調去當特助，幹麼拒絕？」

「那是因為——」戴哲尼突然覺得林懷恩好像變了。

以前那個溫良恭謙的人去哪了？現在這個教訓他不嘴軟的人又是誰？

林懷恩這一提直接戳中戴哲尼的痛處，他與海翼的狀況越來越複雜，他很想跟對方和好，甚至在昨晚偶然機會下在健身房遇到他，可是海翼沒有想主動找他攀談的意思還處處刁難他，因而不歡而散。

他以前與海翼吵架，一直都是這種模式。但是總有一方會低頭，有時候是他有時候是自己，而這次無論就算只是一句訊息也好，也無法得到。

更讓他在意的是，那天鼓起勇氣告白後，海翼始終沒表態接受與否。如果被拒絕只當朋友也可以，現在看來連朋友都做不成了。

或許，是因為兩人的身分天差地別導致？

「因為什麼？」林懷恩見他沉默太久，忍不住追問。

「我覺得……海翼離我很遙遠，遠得讓我無法接近。」

「啊？什麼意思？」

「他現在是海神的董事長，我還是靠他的關係才能進來工作。他一直就是我的雇主，這是不變的事實。」

「自卑心作祟。」林懷恩指著他篤定說道。

「我才沒有！我說的是事實。」戴哲尼努力解釋，他真的覺得林懷恩變好多！居然還學會損他了！難道是梁文森教的？

「如果董事長在乎這種事，他幹麼要調你去當特助？他就是想親近你，不然把你放在人事部自生自滅就好了。而且你看我跟梁總，我們地位也很懸殊，我照樣勇敢跟他表白。」林懷恩看見戴哲尼的態度有軟化的跡象，再接再厲說道：「錯過一班車可以等，但是錯過一個人就是一生。」

戴哲尼此時陷入沉思，林懷恩的分析很有道理，他不能再等下去了。

「林懷恩、謝謝你——你變好多，跟第一次見面比起來，成熟很多。」

被真誠感謝的林懷恩突然想起梁文森。

他會有今天的轉變，多虧這個人時常給予開導。如今梁文森也變了，變成他不能接受的樣子，一想到這裡，林懷恩的心情又更失落了。

海翼的心情很差，戴哲尼拒絕調職一事對他來說是很大的打擊，加上與吳常山三個月的業績賭約，目前進度不明加上四面楚歌的狀態，他備感孤獨。

尤其昨天在健身房碰到戴哲尼，本以為有機會可以和好。

對方根本把他當空氣，一句話都不願說，讓他到現在仍難以釋懷。

為此，他獨自一人來到常去的酒吧喝酒解悶，隨著醉意湧現只是徒增鬱悶。

期間有不少對他感興趣的人上前搭訕，全都被他打發，就算如此還是有不死心的人試圖接近與他攀談。

海翼根本不想理會，他又喝光一杯酒，醉意比剛才更深了。

身旁搭訕他的人仍舊不願放棄，他覺得心煩揮揮手想驅走對方，卻打翻一杯酒，沾溼他的上衣。

「嘖、」海翼這下感到更煩了，不斷揮手喊道：「別碰、我自己來——」

「我來就好，他是我的。」

海翼聽見熟悉的聲音轉過頭，才發現是戴哲尼，正用著禮貌又不失尷尬的笑意送走想搭訕自己的人。

戴哲尼沒有說話，而是拿著紙巾想替他擦拭身上的酒漬。

海翼雖醉不至於不清醒，他拒絕戴哲尼的好意，不悅地說：「你怎麼知道我在這裡？」

「因為我瞭解你。」戴哲尼沒有因為他的抗拒而生氣，甚至是他的反應都在自己的預料之中。

海翼瞪了他一眼，仰頭把殘餘的酒喝光起身離開。

他現在很不甘心，尤其聽到戴哲尼那個自信滿滿的回答更鬱悶了。

既然瞭解，為什麼之前要拒絕調職的事？

既然瞭解，為什麼不能體諒他剛失去至親的痛？

他剛離開酒吧，就被一股力道從身後抓住，他不用回頭也曉得是誰。

「不要碰我。」海翼甩開戴哲尼，被他這麼一碰反而將這陣子積累的委屈全爆發出來，他大喊：「你來幹麼？喝酒的興致都被你破壞了！」

「因為我不想再跟你吵了，跟我回家吧。」戴哲尼再次牽住他的手，相當有耐心。

海翼再次甩開他的手吼著：「我哪裡有家？我爸走了、你也不管我了，都走啊！沒關係，反正已經不是第一次，都滾！都給我滾——」

戴哲尼沒見過海翼這麼失控，感受得到他全身被巨大的悲傷籠罩，戴哲尼突然一個衝動上前抱住他。

「好、好，我會滾，但不會是現在……」這個擁抱伴隨溫暖，讓海翼壓抑許久的悲傷與孤獨全化為眼淚，他枕在對方的肩頭上開始哭了起來。

戴哲尼始終沒鬆手等海翼哭夠了、情緒平復、酒也醒了，才意識到剛才的行為有點丟臉。

「抱歉，我失態了。」

戴哲尼見他平靜下來，這才鬆了口氣問道：「這樣的話，你還希望我滾嗎？」

「我不知道……我現在心很煩……」

海翼覺得自己的思考能力好像丟失了，他茫然地看著戴哲尼。

戴哲尼卻皺起眉，認為都表示這麼清楚，卻還是得到這種回答，那就表示他喜歡海翼是一廂情願。

「好，我知道了——這個之前告白的答案，我會離職然後搬離倉庫，就這樣。」

海翼這才意識到戴哲尼提問的原因，急忙解釋：「不是，我不是這個意思——」

戴哲尼依舊心灰意冷並說：「我會想辦法回到我的世界，不會出現在你面前，不讓你心煩。」

他覺得海翼的答案很清楚了。

海翼只是把他當朋友，現在他覺得連朋友都做不成。

「不是，戴哲尼——」海翼見他轉身就走感到慌張。更意識到，戴哲尼是在跟他道別，他這一走就真的不會再回來了。

「等等，別走……我求你……」海翼情急之下從身後抱住戴哲尼。

已無法再承受失去的他，很難想像如果戴哲尼從此消失，往後的日子怎麼度過。

戴哲尼沒預警會被他抱住，腦袋一片空白連掙扎都忘了。

海翼將他轉向自己慌忙解釋：「我說的心煩，是因為你把我搞得很混亂；我說我不知道，是因為我也很喜歡你，可是——我還沒整理好我的心情，你知道的、我最近遇到很多事情，我需要一件一件釐清……」

戴哲尼渾身僵直，他沒錯過海翼剛才說的話，不怎麼自信地回：「你喝醉了吧？」

「我從沒這麼清醒過，我不在乎你是從哪裡來，只希望你留在我身邊——」

戴哲尼聽到期望的答案，心跳變得很快，海翼依然抱住就怕他跑掉。

戴哲尼此時掙脫他的擁抱，從口袋裡拿出那條被海翼小心收藏的幸運繩。

「這條，我跨年夜那天送給一個小男生，是你吧？我在想，這就是我會來這個時代的原因，原來命運早就把我們綁在一起了。」

「你知道了？」海翼看著那條幸運繩發愣。

「你也知道？什麼時候？」戴哲尼以為海翼不曉得，正準備解釋，但是對方卻露出早就曉得的表情。

「你之前提到臭豆腐時，我就想起來了。」

戴哲尼往前回想，那不是剛開始住沒多久的事嗎？

「你知道怎麼不跟我說？你到底有多少事情沒讓我知道？」戴哲尼漲紅臉並動手捶他不斷抱怨。

「會痛、會痛——」海翼邊阻擋他的攻擊邊費心解釋：「因為我不希望你是抱持同情我就是當初那個小男孩的心態，才留在我身邊。」

戴哲尼越想越覺得羞恥，得知對方的解釋更不能冷靜：「我想留在你身邊當然是因為——」

戴哲尼沒能把話說完，因為海翼突然主動抱住他，並以親吻奪走話語權，這段吻並不久，但是戴哲尼因此有幾秒失神。

「我喜歡你——不能每次都被你先講完。」海翼說完後臉頰微微發紅。

戴哲尼帶著寵溺笑意看向他，無奈想著連這種事都要爭啊。自己也被激起不服輸的因子，走上前也給他一個親吻。

戴哲尼以為只是淺淺一吻，但是海翼並不想太快放過他，回應戴哲尼的是細緻又溫柔的深吻。

戴哲尼開始相信，人一旦談起戀愛，所有事物都會被自動套上粉紅色濾鏡。

他現在覺得每件事都很好，幾天之前與海翼互相折磨、冷戰的情形恍如隔世。

不過，仍然有讓他苦惱的地方。

確定交往後不到一天的時間，海翼就提出同居的想法，希望他搬離倉庫，對此戴哲尼已經拒絕了。

有林懷恩前例示範，他不想成為公司內的八卦話題之一。光是答應去當特助，就已經讓很多人有想像空間，他不想再增加不必要的問題。

為此，海翼也認為他的分析有道理而沒有強求。

反正現在科技發達，用手機就能視訊，早上還可以透過手機見面一起吃早餐，以前單打獨鬥慣了，從沒想過有個人陪伴，現在心裡很踏實。

就算不能同居，工作空檔至少能擠出時間見面。所有事情說開後，他與海翼之間已經沒有隔閡，可以手牽手、可以出門約會、可以互訴心事。

海翼初次帶他去約會的地點。就選擇兩人第一次相遇的地方，對戴哲尼來說是很奇妙的事，體感時間來說跨年夜當天只不過是數十天之前的事，實際上已經過了二十二年。

四周的街景變化不小，當年那個找不到父親的小男生，如今變成自己的男友，他怎麼想都覺得很奇妙。

「我小時候只要感到孤單就會對幸運繩許願，希望能再遇到你，結果真的實現了。雖然老天殘忍地帶走我爸，但是現在有你。」海翼感覺很久沒這麼放鬆，他靠在戴哲尼身輕聲呢喃。

「對啊，真神奇……」戴哲尼也覺得現在很美好，卻在這時想起獨自一人的阿嬤，他再次陷入煩惱，只是不想破壞氣氛選擇不提及。

除此之外，戴哲尼的工作上也有變化，林懷恩自請調部門，成了他的助理。雖說助理的助理，這個職稱怎麼聽怎麼怪，不過戴哲尼覺得多個人幫忙，的確減輕不少負擔。

他隱約發現，林懷恩與梁文森似乎有狀況，旁敲側擊下他總是得到含糊不清的回答，既然是私事他就不追問。

林懷恩也很意外能順利申請調部門成功。

東尼收到他的調職申請時，一度擔心是不是自己的問題，曾與他個別談過表達慰留之意。事實上自從美食街撤櫃事件之後，他與東尼的關係緩和許多。

他也對東尼再三保證與對方無關，純粹想換部門增加經驗。

調部門需要經過梁文森的同意，林懷恩本以為在這個環節會被退回，對方卻一句話都沒問直接批准，這個結果反而加深他更無法諒解梁文森。

他還是想不透，到底哪個環節出了錯，讓梁文森選擇做出背叛的行為。

事實上，自從在梁文森家門前爭執後，他再也沒跟梁文森見過面、說過話。梁文森曾趁他不注意時，在他的家門口放了早餐與圍巾，一如往常的關心，可是他覺得這份美好的感情已變質。

正因為如此，他才會選擇調部門，如此一來能更直接的幫助海翼守護海神百貨，還能與戴哲尼一起共事，他非常開心。對方好相處、工作很有衝勁，更重要的是海翼與戴哲尼相處很融洽，讓他很想在一旁默默守護這兩人。

「林懷恩，我們是好朋友吧？」

他才剛送咖啡給海翼，回到位置上，戴哲尼突然這麼問他。

「當然。」林懷恩很困惑，為什麼突然得接受戴哲尼的友情拷問。

「那——你不可以對海翼有任何幻想喔，他是我的。」

林懷恩從戴哲尼那雙略帶殺氣的眼神，頓時明白他為何突然這麼說，連忙解釋：「我只是分攤你的工作，你不要亂想。」

「是喔——」戴哲尼並沒有因此安下心來，反而不斷湧出更多的醋意。

因為林懷恩的工作能力太過優秀，與海翼合作無間的樣子，反而讓他顯得多餘。

戴哲尼不希望讓事情變得複雜，便對林懷恩說道：「等等午休，我們去外面借一步說話。」

「喔……好。」林懷恩不曉得他為何這麼嚴肅，雖然感到奇怪還是答應了。

第八章　暗潮洶湧

戴哲尼坐在距離海神百貨不遠的公園裡，滿腦子都是早上發生的事。

林懷恩是他的朋友，海翼是他的男友，但是早上慣例泡咖啡的工作被林懷恩搶先之後，自己的心思就很不對勁了。

以前他對於吃醋嗤之以鼻，認為是心胸不夠寬大。如今碰上了才知道，自己也會產生占有欲。

尤其看到海翼與林懷恩默契絕佳的對話、處理事務，他覺得自己的處境很危險。更掙扎的是他一點也不想質疑林懷恩，內心卻怎麼也克制不了這種心情。

為了維持與林懷恩的交情，他必須把話說清楚。

「戴哲尼，我來了。」林懷恩才剛忙完手上的工作，快步來到他面前問道：「到底有什麼事不能在辦公室裡說啊？」

「林懷恩，幫海翼的工作我一個人就可以了。這傢伙性格不太好搞，我來應付就好，你回去總經理的身邊吧。」

林懷恩聯想到不久前戴哲尼對自己的提醒，馬上知道對方有誤會，急忙解釋：

「戴哲尼、你放心，我真的只是想幫助董事長而已，對他不會有別的心思。」

「免！我是相信你，可是海翼身邊有我就夠了，特助不是多困難的工作。」

林懷恩明白現在怎麼解釋，戴哲尼都無法放心，他猶豫一會兒才低聲說：「我老實跟你說吧……我之前不小心碰到總經理跟吳常山密會。聽說如果董事長這三個月內的業績不如預期，他們打算聯手把海翼拉下臺，讓總經理取代他。」

「什麼？真的假的？這很嚴重欸！」戴哲尼一臉錯愕，這消息太過震撼了。

「我也希望是假的，我當面跟總經理確認過，他並沒有否認這件事。」

林懷恩想起那個人，心情立刻盪到谷底。

「我還以為他很忠心，老董事長剛過世不久，他居然打算背叛？」戴哲尼咬牙罵道，林懷恩的臉色越來越差。

戴哲尼看他深受打擊的樣子，改輕聲問道：「所以你們因為這件事吵架？」

「總之，我只是想在董事長旁邊盡一點心力，不讓他們達到目的。」

林懷恩明顯不想多談自己與梁文森的事，戴哲尼很貼心沒有追問，至於剛才醋意橫飛的心情，早就煙消雲散了。

「我知道了，而且聽你這樣講，就活該梁文森喉嚨痛了。」

「你怎麼知道？」林懷恩聽聞仍然感到在意，畢竟好幾天都沒往來，他根本不曉得梁文森的近況。

「昨天開會的時候他一直咳嗽，狀態也不太好。」戴哲尼停頓下來，一臉擔憂：

「他不會確診了吧？他昨天跟海翼接觸的時間很長欸——不行，我得盯海翼快篩一下，我先回辦公室了。」

戴哲尼不等林懷恩回應，轉身就往公司方向跑，林懷恩站在原地臉上難掩憂心。

◎

梁文森的確很不舒服，喉嚨有點痛、精神也不太好，現在正在接一通重要的來電，他必須振作才行。

「葉大，我是希望你的團隊來海神做婚顧駐櫃，利用十月時宣傳，尤其針對同性族群——」梁文森話還沒說完，就引來一陣劇烈咳嗽，與他通話的人感到憂心。

「文森，你還好嗎？」

「我還好，只是喉嚨不舒服。」梁文森說罷又一陣猛咳。

「文森，你要保重，現在感冒發燒都很敏感，你知道的。」對方誠摯的關心口吻，讓梁文森備感欣慰。

「我有快篩，是陰性，總之——Muse是婚顧界的第一把交椅，這次的企劃非你們莫屬，所以請你也幫我評估看看，好嗎？」

「當然可以，你要多喝水，多注意一下，我當然有興趣。」對方答應得很爽快，梁文森著實安心不少。

「太好了，謝謝葉大。」梁文森結束通話的同時，眼角餘光落在不知何時放在桌上的喉糖，他很快就猜到這是誰放的。

「懷恩來過……?」

梁文森拿起喉糖若有所思，他已經有好幾天沒見到林懷恩。他很清楚對方正為了什麼原因拒絕聯繫，雖然輾轉得知在海翼身邊做得還算順手，但沒能見到人仍然會思念。

「大概是從哪聽到我不舒服的消息了……之前也給我一樣的喉糖。」

梁文森拿起喉糖慢慢放進嘴裡，讓他想起不久之前林懷恩餵他吃的回憶。

當時他們的關係很融洽、非常美好，要不是為了避嫌就只差同居的程度，自從交往之後，私人時間總是膩在一起。

林懷恩起初只是單純拿著喉糖餵進他的嘴裡，梁文森一時玩心大起，直接含住林懷恩的手指。

這個舉動讓林懷恩愣住，梁文森開始親吻他的手指，最後順勢把人抱在懷裡，直接放掉手邊的工作。林懷恩起初還有些茫然，隨著梁文森越來越明顯的舉動，他立刻明白接下來會發生什麼事。

如梁文森曾想像過的情景，在親密的行為時，林懷恩特別害羞，整個人都像快煮熟一樣發燙。

他們用擁抱感受彼此的體溫，因為林懷恩的存在，撫慰他孤獨已久的心。

本以為那樣契合的幸福感會持續下去，卻想不到為了原則起爭執。

梁文森很想解釋清楚，但是現況太複雜，況且他有使命得讓整件事有個了結，所以又忍了下來。但是他也曾悲觀想過，林懷恩或許就此會遠離他。

梁文森一想到這裡感到非常失落，隨著喉嚨痛而襲來的猛烈咳嗽，令他無法集中精神，此時也特別思念林懷恩。

◎

戴哲尼趕回辦公室時，發現裡頭還有另一個人在。意識到身為特助對訪客不能怠慢，連忙泡了兩杯咖啡送進去。

他進去後才發現訪客是海翼的姑姑海音，也是決策高層裡少數力挺海翼的人。姑姪倆正在商談如何對抗吳常山、提升業績的細節。

「我雖然很少經手公司的事，但是我聽過你爸提過梁文森，他的工作能力是有目共睹的。你要贏過他得出奇制勝才行，如果需要我幫忙的地方儘管說，姑姑會挺到底。」海音的力挺讓海翼感到溫暖，這也是海翼能繼續努力下去的理由之一。

「我有蒐集不少他可能會採用的行銷方案，我會注意的，姑姑放心。」

「那就好，我還有事得走了。」海音欣慰地點點頭，準備起身離開。

「海、海董事，妳不喝杯咖啡再走嗎？」戴哲尼看著剛端上桌的咖啡，有些惋惜地問道。

海音這時才注意到他的存在，帶著感興趣的笑意將他從頭到腳看了一次問道：

「你就是海翼指定的新特助？」

「是，我叫戴哲尼，請多多指教。」戴哲尼面對這位女性長輩難掩緊張，他更好奇海翼私底下怎麼向海音介紹自己。

海音始終對他投以充滿好感的笑容，點頭說道：「是個很有精神的小帥哥呢，你好好幫海翼，表現好的話，我另外給你獎金。」

戴哲尼聽到錢的事，眼睛立刻發亮，反應非常熱情地回道：「謝謝海董事，我一定鞠躬盡瘁、死而後已，赴湯蹈火、在所不惜。」

海音被他逗得很開心，一連點了幾次頭，對他態度相當友好，並在戴哲尼的親切招呼下離開辦公室。

海音離開後，海翼隨即鬆懈下來，靠著椅背露出不舒服的臉色說道：「把咖啡給我，我頭好痛，喝點提提神。」

「你頭痛？」戴哲尼立刻起了警覺，來到他身邊小心問道：「你做個快篩好不好？我有點擔心。」

「不用吧？我只是頭痛，沒明顯的症狀，而且還有一堆公文要看。」

海翼直接拒絕，戴哲尼仍舊不放心，直接伸手摸著他的額頭，碰觸到比以往還要高的體溫說道：「看什麼公文，你應該要去看醫生啦。」

「我沒事啦！你不要擔心。」

「什麼沒事？你在發燒欸！你聽話，我們先做快篩。」

海翼並不想接受他的建議，甚至為了證明自己沒事，準備起身想自己拿文件。

就在這一瞬間，他突然覺得眼前一片模糊整個人無法站穩，接著就往對方身上傾倒，聽見戴哲尼在身邊呼喊的聲音。

戴哲尼看著海翼傳給他的照片，神情凝重。

「兩條線就是確診的意思……」一想到二十年後的現在會發生這麼嚴重的病，就覺得好可怕。」戴哲尼正在海翼的家裡，對方已經按照規定下，自己隔離在臥房內。

由於他自己是密切接觸者，從現在開始也得謹慎。

戴哲尼來到這個時代之後，隨著陸續補足的知識與新聞，才曉得他來到一個正爆發一種嚴重肺炎的時代。

症狀很像感冒，起初沒有根治的藥物，全世界有不少人死於這場流行病毒。

而且這還不是第一次，從他看到的歷史資料得知，自己身處的一九九九年的三年後，也有爆發過一次類似症狀的肺炎，同樣也造成不少人死亡。這兩種肺炎流行的時間恰好相距二十年，而海翼身處的這個年代，感染的規模與傷亡人數更大。

海翼也跟他提過，這樣戴著口罩、隨時注意清潔消毒的日子已經持續兩年。

他很難想像，在他來之前的這段時間，人們究竟是過著什麼樣的日子。

「你不要留在這裡，我怕你被我傳染。而且我已經透過視訊看診了，我只是輕症，你不用那麼擔心。」海翼透過視訊看著戴哲尼那張擔憂的臉，努力勸退對方。

「不行！你的管家不在，我得留下來照顧你。」戴哲尼感到慶幸的是，幸好現在還有視訊的科技，就算得隔著一扇門並不會造成阻礙。

「好吧，你自己也要注意點。剛才離我很近，我擔心會傳染給你。」海翼盯著視訊上的戴哲尼，發現在重要的時刻，這個人總會在身邊，心裡特別溫暖。

「我沒事，你喉嚨痛的話就不要講話，視訊別關，讓我隨時都可以看到你。」

「好。」

「那就快躺下來休息，我隨時都在。」

海翼在他的要求下乖乖躺回床鋪，戴哲尼將手機鏡頭擺在讓對方可以看見自己的角度，不久之後他就看見海翼熟睡。雖然仍然很不放心，至少在此刻能讓對方徹底休息，算是不幸中的大幸。

戴哲尼住進海翼的家之後，才體會到什麼叫未來生活。

這個家有太多設備是他以為只有科幻電影才會出現的東西，就連掃地機器人在屋內運行打掃時，他都能看得津津有味。

他大部分的時間除了遠距工作，就是透過視訊陪伴隔離中的海翼。

戴哲尼如之前的約定，一直保持視訊暢通的狀態，卻也清楚看到對方正在飽受病毒摧殘的模樣。

「你煮了這麼大一鍋粥啊？」正在發燒的海翼躺在床上，用著虛弱的口吻抱怨。

「我可是上網查了很久，熬了一鍋能幫你補充體力的粥，要給我吃完。」

「哎——看了就不想吃……」海翼病懨懨地盯著畫面，因為生病連思考都嫌煩。

戴哲尼覺得現在的海翼像五歲小孩，有點可愛。

「不可以耍脾氣，給我乖乖吃，要全部吃完。」

海翼仍舊苦著一張臉，情緒上卻已經妥協：「至少給我一個碗……」

「那，要不要給你一束花、再插三炷香啊？」

「免！」海翼對著手機鏡頭喊道，戴哲尼沒料到他會模仿自己的語氣，笑個不停。

「好啦好啦，給你一個碗。」戴哲尼停止笑容，溫柔地盯著他說：「你要快點好啊……隔著牆挺寂寞的。」

「嗯。」海翼點點頭，朝螢幕親了一下，嘴唇碰到冰涼的介面感到有點可惜。

他很想親親真實的戴哲尼，還不行——他真希望能快點痊癒……

林懷恩以為自己無論受到多大的打擊都能挺得住，但是他從未想過，如果打擊他的人是梁文森會這麼痛苦。

他覺得小時候那個孤獨無助、只能對育幼院的樹洞訴苦的自己又回來了。

已經好幾天沒與梁文森見面的他，正掛念對方的身體狀況時，卻撞見梁文森與東尼交談甚歡的情景。

東尼還很貼心地幫梁文森調整領帶，看起來就像在談戀愛的樣子。

所以，他們現在是分手了嗎？

林懷恩受到衝擊又不知所措，當下只想逃離現場。

他轉身走了一小段路後，怎麼想都覺得不舒服，又折回原路，發現梁文森已經離開只剩東尼，他急忙追上。顧不得對方曾是自己的主管，悶聲問道：「經理，你跟總經理怎麼回事——」

「喔？你也看出來了啊？」東尼勾起幸福的笑意，看在林懷恩眼裡特別刺眼。

「總經理他怎麼可以……」林懷恩覺得腦袋嗡嗡作響，不斷問著自己，所以他們這樣算分手了嗎？他有提過要分手嗎？梁文森原來是翻臉這麼快的人嗎？

「你都可以向董事長投懷送抱，為什麼總經理就不能接受我？而且你還一副很委屈的樣子，明明是你先拋棄他的吧？」

「我才沒有，我對總經理的心意從沒變過，只是現在——現在……我必須幫助董事長才行。」林懷恩說完後隨即轉身離去，深受打擊的他還得振作才行。

海翼因為確診在家隔離，戴哲尼是負責照料他的生活起居以及聯繫的代理人，林懷恩必須留守辦公室處理其餘事務。除此之外，還得抽空與戴哲尼討論幫海翼提升業績的方法，他的確沒時間去煩惱自己的私事。

「如果總經理真的要做這麼絕，那就這樣吧……」

林懷恩正與戴哲尼互傳訊息討論行銷方案，梁文森卻在這時突然走進辦公室，他一個措手不及，想起剛才撞見情景，表情特別僵硬。

「總經理，您好，請問有什麼事嗎？」林懷恩一副生疏的口吻，聽在梁文森耳裡特別不舒服。

「我找董事長，他在嗎？」梁文森態度如往常鎮定，兩人之間就像有一道隔閡，氣氛變得非常尷尬。

「董事長身體不適，今天沒有進公司，有什麼事我可以代為轉達。」

梁文森微微皺眉問道：「他還好嗎？有看醫生了嗎？」

「他很好、很快就會恢復，總經理不用擔心。」

林懷恩安靜地看著梁文森，想起他與吳常山打算拉下海翼的事，便覺得這個人的關心很虛假。

加上剛才撞見東尼的事，壓抑不了心中的矛盾，忍不住露出非常憤怒的眼神盯著他。

梁文森也感受到他刻意冷淡的語氣，見不得他傷心輕聲安撫：「你的心情我曉得，但……很多事情，眼睛看到的不一定是真相。」

林懷恩立刻聯想到剛才的事，憤怒問道：「這樣的話，你跟東尼又是怎麼回事？」

梁文森面對他的質問無聲嘆息，選擇不回應，直接轉身離開。

林懷恩並沒有發現他一閃即逝的無奈，失望說道：「不說，我就當你默認了。」

梁文森一度放慢腳步，很想回頭對他說不是這樣、再給他一點時間，但是他不敢回頭，因為他捨不得林懷恩難過，就怕看一眼就會全盤托出，這樣會前功盡棄。

林懷恩不敢置信他就這樣頭也不回離開，內心僅剩的信任，在這瞬間消失殆盡。

◎

「海翼，你有好點嗎？」海音透過視訊，正焦急地關心他。

「嗯——快好了，而且我也快解隔離了，姑姑不用擔心啦……」海翼帶著迷濛的眼神回應。要不是被這通來電吵醒，他可能會繼續昏睡下去。

「怎麼不擔心？你現在一個人住吧？我過去陪你？」海音的神情相當焦急，相較之下海翼仍舊很放鬆。

「放心，有戴哲尼在這裡照顧我，妳每天行程這麼滿，這裡交給他就好。」海翼瞇著眼睛就快睡著，他為了讓海音放心，正努力強撐精神。

「這種情況下他還願意就近照顧你？這個小帥哥真不錯，你們關係這麼好啊？」海音聽到有人陪伴，頓時安心不少。

「他很有趣又善解人意，每天都很有精神的樣子，所以我特別喜歡他……」海翼昏昏沉沉地解釋，海音聽聞卻忍不住悶笑出聲。

「姑姑，你在笑什麼啊？」

「我只是很好奇他是怎麼照顧你，能讓你這麼誇讚他——」

海翼臉上隨即浮現紅暈，努力轉移話題不讓姑姑察覺異狀。海音因為他的反應而對戴哲尼越來越好奇，加上戴哲尼不畏感染風險願意就近照顧，讓她很有好感。

「這麼好的孩子，真希望他可以一直陪在你身邊做下去。」

海翼因為這番話，想起對方仍然掛念想回去的事，意識到這個隱憂，他偷偷地嘆口氣。雖然戴哲尼最近不提這件事，不代表對方已經放棄。

他與海音結束通話後，一邊煩惱這件事一邊不敵疲倦的侵襲，再次閉上眼沉睡。

◎

戴哲尼拎著一堆食物剛從外頭歸來，連忙拿起手機與海翼試圖重新連上線。撥號中的鈴聲響得比預期還要久，讓戴哲尼略感擔心。

「在睡覺嗎？我還請魏瑟茉幫我買不少他愛吃的，正想給他嚐嚐。」戴哲尼看對方遲遲不接通，索性開始用力敲門。

「海翼——你有聽到我的聲音嗎？」戴哲尼每敲一次門就加大音量，以往海翼很快就會有回應，這次卻反常得讓他感到不安。

「怎麼辦？他該不會有什麼狀況吧？」戴哲尼停止敲門拿起手機滑螢幕，決定開門確認。

他一進屋內就看見海翼躺在床上動也不動，懷著忐忑的心情靠近一看，對方正熟睡，這才鬆了口氣。

「睡得這麼熟啊？怎麼喊都喊不醒。」戴哲尼冷靜下來後，才得以專注端詳海翼的情況。發現對方眉頭深鎖，伸手想撫平他的眉心。

「怎麼回事？滿頭大汗的……」戴哲尼順勢撫摸他的額頭，確認體溫正常。

海翼輕聲發出含糊不清的囈語，戴哲尼靠近才聽見他正在說夢話。

「別走……哲尼……」睡夢中的海翼表情非常痛苦不安，戴哲尼感到心疼，想快點將他從惡夢中喚醒。

「醒醒，海翼——快醒醒。」

海翼緩緩睜眼，情緒還沒從剛才的惡夢裡掙脫，見到戴哲尼彷彿遇到救贖，伸手緊緊環抱住他。

「做惡夢了？別怕，我在……」戴哲尼輕輕拍他的背安撫。

海翼漸漸平靜下來，意識到一絲不對勁，連忙伸手擋住自己的嘴巴急喊：「你怎麼可以進來？快出去。」

被推開的戴哲尼無辜解釋：「你已經可以出關解隔了啦！時間已經過了。」

「就算是這樣也不行，快出去。」海翼起身將對方推出門外迅速關上門，戴哲尼盯著被關上的門感到無奈，他還沒抱夠呢！

海翼再次恢復隔離的模式這才鬆口氣，他靠著門聽見戴哲尼問道：「你是不是夢到我離開你了？」

海翼猶豫一會兒才坦承：「對……先夢到我爸離開我，接著你也離開我……」

他鬱悶地說道，被遺棄的不安感不但沒有隨著年紀增長減緩，經歷了更多殘酷的別離後反而增加了。這幾天以來，他已經不記得自己到底做過幾次類似的惡夢，今天全被戴哲尼目睹了。

「我不會丟下你啦……」至少不是現在。

戴哲尼沒讓海翼聽到最後一句話，他也明白這個心情對海翼來說是另一種打擊。

「你很少提到你爸，你爸是怎樣的人呢？」

戴哲尼的提問讓海翼愣了幾秒才說：「我跟他相處的時間不多，他幾乎都在工作，我以前很不能諒解這件事，所以印象中經常吵架。現在想想……是我一直沒去瞭解他，所以錯過很多相處的機會，現在後悔也來不及了——」

海翼的語氣又變得失落不已，戴哲尼連忙安撫：「我爸媽很早就走了，所以我不太清楚一般是怎麼相處。不過人生就是這樣，會有很多遺憾，我跟我家的金花關係很好，可是我也不知道什麼時候可以再見到她。」

海翼盯著門陷入掙扎，他再三斟酌，決定繼續隱瞞金花阿嬤已經過世的事實。他可以想像，對方知道之後會有多難過。

「不過，我相信金花現在在另一個時空一定好好的，至少她沒碰到這麼可怕的疫情。我很難想像這三年來，大家怎麼挺過這些日子，以前的日常都是一種奢侈了。」

「對啊……」海翼很想給他一個擁抱。他們同樣孤獨，同樣需要一點溫暖，但是顧及自己才剛痊癒不久只好忍住。但是他仍想感受對方，悄悄從門縫裡伸出手。

戴哲尼一下子就看懂他的想法，隨即伸手與海翼十指緊扣。

他們沒有對話，就這樣安靜地感受彼此的存在。

海翼痊癒後，與戴哲尼隨即重回工作崗位。

這段期間獨撐的林懷恩終於重新迎來有同事的日子。他們正為了替海翼提升業績而苦惱，尤其近期受到疫情影響又有專櫃撤離、人潮減少，無疑增加困難度。

為此，戴哲尼突然不知哪來的自信，對林懷恩說有辦法。

林懷恩很好奇，卻只得到戴哲尼神祕笑意。

他唯一記得的是，這個人當時對著路邊的棉花糖攤位竊笑，他聯想不了棉花糖跟提升業績到底有什麼關係。

◎

此時，比起增加業績，戴哲尼正在擔心林懷恩不久前搞出的風波。

「林懷恩，你怎麼在咖啡廳裡跟梁總吵架啊？你也太大膽了。」戴哲尼站在他的辦公桌面前憂心說道。

「我不能眼睜睜看他做那些事。他趁董事長生病期間談到很好的企劃，我覺得很不公平。」林懷恩鬱悶回應，他現在閉眼就會想起當時的情景。

他讓梁文森難堪，梁文森也不留情面。

當時，他無意間得知，梁文森與一個知名的婚顧公司正在商談合作機會。他看過企劃內容，是個很好、很完美，名為「幸福成家」的企劃。

梁文森因此還動用自己的權限，規劃最好的位置給這間婚顧公司。

據他知道的部分，梁文森與該婚顧公司的總監關係很好，因此整個企劃絕對能順利進行，一旦企劃成功絕對有機會拉下海翼。

這讓林懷恩很不安也很氣惱，顧不得正在商談，他衝到他們面前質問。

當時在場的人，除了梁文森還有東尼，以及那位婚顧公司的總監，他沒記錯的話名叫葉幸司。

林懷恩忘不了三人交談甚歡、勢在必得的模樣，他知道這麼做很不對，但是他無法坐視不管。

「你們真卑鄙，就這麼迫不及待要讓董事長離開海神嗎？」

林懷恩質問時氣得全身發抖，梁文森沒料到他會出現，臉色相當難看。

「這裡沒有你說話的份，我也沒教過你破壞別人的工作吧？你讓我很失望。」

「你的行為才讓我更失望。」林懷恩面對他的指責，感到很沒道理。

接下來的情景讓林懷恩永生難忘。

梁文森帶著他從沒見過的冰冷眼神對自己說道：「走，我叫你走。」

林懷恩愣住幾秒還想反駁時，就被一旁緊張的東尼帶走，這場鬧劇才得以結束。

這件事很快就傳遍整個公司內部，兩人關係破裂的消息不脛而走。

當然也包括剛復工不久的戴哲尼。

戴哲尼聽完林懷恩描述的過程，眉頭皺得更緊。

他很難想像溫和貼心的林懷恩與梁文森對罵的景象，更不希望看到林懷恩失去這段感情。

「我可以理解你的心情，可是終究只是一份工作，就這樣傷了你跟梁總的感情，很可能就會失去彼此，值得嗎？」

「這不是值不值得的問題，感情是感情、工作是工作，我不能因為跟他交往就包庇這些行為。」林懷恩搖頭拒絕他的建議，這下讓戴哲尼更無奈。

「你還記得你之前怎麼勸我跟海翼的嗎？要我站在他的立場去想，你現在應該也要這麼做，說不定有什麼原因——」

「如果他的立場就是背叛海神背叛董事長，我也要支持嗎？而且他現在還背叛我們的感情！」

戴哲尼一愣，連忙追問：「背叛……？你們分了？」

林懷恩想起梁文森與東尼近日親暱的模樣，心裡一陣抽痛。他還沒整理好心情，不打算讓戴哲尼知道這件事，僅是悶聲回應：「總之，董事長對我來說很重要，我不會改變我的立場。」

戴哲尼憂心地看著林懷恩不再勸說，因為他知道林懷恩肯定有所隱瞞。

然而，他隱約感到不安的是林懷恩對海翼的支持態度。

雖然在此時思考這種事，有點對不起林懷恩。

他也明白對方很正直，不會做出對不起自己的事，但是他更不想被林懷恩比下去，於是心裡下了某個決定。

◎

「戴哲尼，你這是在幹麼？」

已經在家休息的海翼，看著戴哲尼拎著大包小包進屋感到不解。

「搬家啊！我今天起要住這裡。」戴哲尼一邊卸下行李，理直氣壯地說著。

海翼聽聞困惑問道：「之前叫你搬過來說不要，現在卻又要了？我中間有錯過什麼事情嗎？」

「倉庫有老鼠。」

「你看錯了吧？」戴哲尼的回答完全不能說服他，畢竟先前自己也在倉庫住過一陣子，根本沒看過老鼠。

戴哲尼露出無辜眼神望著他好一會兒，隨即俯身拎起行李惱怒喊道：「算了算了！你不歡迎我就直說，再見。」

海翼見狀知道自己逗弄過頭了立刻上前制止，幫他拿走行李並解釋：「我沒有不歡迎，我只是好奇——你之前不是怕人家說閒話嗎？」

海翼見他願意一起住簡直求之不得，曉得對方的硬脾氣很快就示弱了。

戴哲尼又想起林懷恩認真、力挺的態度，但是他並不想讓海翼知道這些，隨口掰了個理由：「我想通了！你這裡這麼多房間空著也是浪費，而且我們應該有福同享，要跟你討論工作也方便啊。」

「好吧。」海翼輕輕點頭接受他的說詞，迅速接受再次展開的同居生活。

說是同住，海翼仍替他安排一間個人臥室。

這是戴哲尼自從穿越過來後，第一次有個像樣的生活空間，因此很難得、非常放鬆地睡了一覺。

要不是外頭傳來碰撞的聲響，他說不定一路睡到中午才會起床。

「什麼聲音啊……」戴哲尼意識仍然模糊，踩著搖搖晃晃的步伐走出臥房，看見廚房裡中島上放滿精緻餐點，這才徹底清醒過來。

「早啊……」戴哲尼覺得眼前的情景太夢幻，一時還分不清是現實還是做夢。

「早，睡得好嗎？」海翼正在廚房忙碌，見他迷迷糊糊的樣子不禁露出微笑。

「我好久沒睡這麼好了……你叫外賣喔？」戴哲尼看著那一桌豐盛的早餐，飢餓感全湧了上來。

「才不是外賣，是我自己做的。」

「你會做？」戴哲尼感到困惑，跟他印象中的海翼不太一樣。

「當然，我很小就在國外讀書，生活打理都得靠自己，所以家事跟料理都會做。」海翼邊說邊調整桌上的擺盤，沒注意到戴哲尼震驚的反應，轉頭就看見對方一臉氣噗噗指著自己。

「你都會？這樣你跟我住倉庫的時候，為什麼要裝作什麼都不會？我還像個笨蛋一樣教你怎麼做家事！你隱瞞我的事情也太多了吧？」

「啊……」海翼這才想起之前自己偽裝的人設，一時不察全露出底細，眼看戴哲尼生氣的模樣開始慌亂了。

「別生氣，我就……我就很喜歡被你照顧的感覺。以前我都一個人，有個人在旁邊，我真的很高興——」海翼明白自己理虧，努力放軟姿態解釋，在戴哲尼眼中看來，居然還帶了幾分撒嬌的氣息。

雖然海翼看來很無辜，但是自己也被騙了不短的時間，他才不想這麼快就放過。

「好啦，別氣，吃早餐。」海翼眼見安撫無效，又夾起一塊食物送進戴哲尼嘴裡。

戴哲尼順勢吃了進去，看對方比以往還要溫柔的態度終究還是心軟，任由海翼的引導坐下享用早餐。

「你很早起來準備吧？你才剛好，應該多休息。」戴哲尼吃沒幾口，仍舊掛心他的身體狀況。

海翼倒是不怎麼在意直說：「我沒事，早就好了。」

「喔——」戴哲尼吃著早餐瞥了海翼一眼，見他又不聽勸，突然起身貼近說道：「這樣的話，我們親親，應該沒問題吧？」

前一秒說自己沒事的海翼立刻皺眉說：「不要，以防萬一，你先吃早餐。」

戴哲尼瞇起眼睛，因為海翼雙標的態度毫無自覺，興起想捉弄的心思。

「先親親再吃。」戴哲尼語畢迅速往海翼的唇親吻，彷彿蜻蜓點水的力道，很快就逃離了。

「唔——」海翼像是被這一吻打開某種開關，捧住戴哲尼的頭，回敬比他更深入的親吻。

不曾經歷過的戴哲尼，隨著海翼的親吻，意識也被吞噬，他甚至全身一軟貼在海翼身上任憑擺布。

海翼本來打算只有親吻而已，但是戴哲尼的反應太可愛、太生澀，想掙扎又忍不住配合回應的舉動，使得他停不下來。

「唔——海翼、海翼……」戴哲尼的理智又回來了一些，他趁著被放開的空檔不斷呼喊對方的名子。

海翼聽在耳裡無疑是催促他的意思，只是親吻嘴唇已不滿足。

他沿著戴哲尼的臉龐往下親吻，為了方便能獲得更多，直接把人抱起安置在檯面上，這個姿勢讓戴哲尼只能緊緊攀住對方。

海翼此時正在親吻他的頸間，力道比剛才輕許多，對戴哲尼來說就像搔癢一樣，全身襲來陣陣酥麻，還發出自己沒聽過的聲音。

「嗯……」戴哲尼對現在的發展毫無準備，當海翼熟練地替他脫掉上衣時，一陣涼意與緊張不禁全身緊繃，抱住他溫柔撫摸的海翼都能察覺。

「別緊張，我帶你。」海翼低沉的口吻的確有安撫效果，戴哲尼的回應是緊緊抓著他，明明被放在很穩的位置，但是他總有好像會跌下去的錯覺。

海翼仍不停親吻，他在頸間徘徊很久，還輕輕咬住戴哲尼的喉結。受到刺激的戴哲尼全身繃得更緊，呼吸也更急促了。

「唔……海、海翼——」戴哲尼失去語言組織能力，尤其閉眼就能感受海翼的嘴脣在自己上身親吻，手臂、肩膀、胸膛、腹部——

他的腦海無法克制地描繪親吻落在他身上的情景，稍稍睜眼就能看見那雙專注的眼神，他難掩懼怕地倒抽一口氣。

海翼並沒有忽視他過於害怕的情緒，但是氣氛正好，海翼完全不想停下。

「別怕，我們慢慢來。」海翼停止親吻，維持俯視的姿勢與他面對面低語。

「嗯，好。」戴哲尼的眼神恍惚，臉頰布滿紅暈。

海翼察覺他身軀稍稍放鬆些，再次往前親吻他，雙手搭在他的褲頭準備往下扯。

戴哲尼意識到這個行為暗示著什麼意思感到驚慌失措，海翼的指尖察覺他本能的抗拒，就算再怎麼想擁有對方他也只能收手，因為戴哲尼還沒準備好。

「今天就先放過你吧。」海翼往後退一步，尷尬說道。

「喔……我……我第一次……」戴哲尼不敢面對他，低頭穿上衣服羞澀說道。

「我也是——跟男生的話……」海翼比他還鎮定，彷彿剛才什麼都沒發生過。只是這一刻卻無法面對戴哲尼那雙溼潤的眼神，因為他怕自己克制不住。

「我還有幾個公文要處理，我先回房間，你慢慢吃。」

海翼丟下這句話後匆匆躲回房間，戴哲尼站在原地，彷彿靈魂出竅，短時間內還無法回神。

夜裡，林懷恩來到梁文森家樓下，他遲疑一會兒並拿起手機，想再次確認自己並沒有看錯。

「懷恩，今天是我的生日，希望你晚上可以來我家一起吃個飯。」

他反覆讀了好幾次，確定是梁文森傳來的。字裡行間像是什麼都沒發生過，彷彿回到之前那樣的親密。

就是因為這樣，林懷恩才覺得古怪，雖然期間猶豫許久，最終他還是決定赴約。

「就此做為道別的機會也好。」林懷恩是這麼想的。事情發展至此，他覺得已經沒機會回到從前了。

儘管心裡對這個男人還存有愛，可是他無法違背自己的原則。

就因為這樣，本該慶祝的日子他卻開心不起來。他落寞想著，如果沒這些事情，說不定他們現在已經親親愛愛地過日子。

他一邊沉思，一邊來到梁文森的家門前。他不確定門鎖的密碼是否仍舊是自己的生日，不過這已經不重要，他不能像以前那樣隨意進出了。

他按下電鈴後，梁文森很快就來應門，看見林懷恩的瞬間似乎是鬆了口氣，露出往昔溫柔的笑容。

「快進來。」梁文森迫不及待地請他進屋，在這之前他一直擔心自己會空等，儘管林懷恩的反應比以往還要生疏。

「總經理，我不知道該送你什麼禮物，你應該都不缺，所以我就帶蛋糕過來，生日快樂。」林懷恩提起手中的提袋說道，沒有任何情緒，更多的是彆扭與尷尬。

梁文森好像完全看不見這些情緒，還是那樣溫柔、沉穩對待他。

「謝謝，你願意來就是最好的禮物了。」梁文森拿過蛋糕，隨即指引他就坐。

「我準備了牛排，我們一起吃。」梁文森邊說邊將紅酒杯斟滿。

林懷恩的姿態很拘謹，他看著桌上只有兩人份的食物感到疑惑。

「經理呢？我以為還會有其他人——」林懷恩始終沒有動作，因為氣氛太古怪。

梁文森過於親切、開心的情緒，對照他的冷淡，怎麼看都不像是一場生日宴。

「我今天只有邀請你而已。」

林懷恩聽聞皺眉說：「不好吧？經理知道會不高興的，我現在這樣不適合跟你獨處，我還是先回去吧。」他隨即起身打算離開，梁文森先是錯愕，馬上回神抱住對方說道：「懷恩，別走——」

「可是這樣很奇怪……」林懷恩身軀僵直，近距離擁抱才曉得梁文森因為緊張而顫抖。

「不奇怪……別走，那天吼了你，我很抱歉。」梁文森環住他的力道更緊。

「那天是我太衝動，我不應該影響你的工作。」林懷恩在他看不見的時候，露出苦澀的表情。自己居然這麼輕易就接受道歉，果然心裡還是很愛這個人。

就算互相體諒，最重要的原則沒有共識，令他仍然覺得這段關係已經走到盡頭。是不是梁文森也意識到這個原因，所以今天特別不穩定。

「留下來陪我好嗎？這是我的生日願望。」梁文森又將他圈得更緊，怕他跑掉。

「好。」林懷恩聽著那樣乞求的口吻，根本不忍心拒絕。

反正只是一起吃頓飯，沒什麼大不了的——

而且，把這件事當作兩人的句點，或許也是最好的方式。

林懷恩重新坐回位置，兩人舉杯相叩。梁文森因為他的留下，臉色比剛才緩和不少，不安焦躁的情緒全都消失。

「總經理，第一杯酒敬你，祝你生日快樂。」林懷恩舉杯說道，梁文森目光柔和地回應他。就是這抹眼神讓懷恩心思浮動，或許是酒精作祟的關係，他原本忽視壓抑的心情全都跑出來。

他不知道現在到底是用什麼身分陪梁文森過生日，下屬？前男友？

他越來越矛盾，灌了不少酒，就算聽到梁文森的勸阻，他也停不下來。

「你喝慢點——」

「嗯……可以的。」林懷恩不記得自己喝了多少，只覺得全身被酒精浸泡，輕飄飄地很舒服，好像很多事情都可以忘掉。

靠著酒醉，他的行為變得大膽不少，拆開自己帶來的蛋糕望了好一會兒，才向梁文森問道：「總經理，你還有什麼生日願望呢？」

「說了，你會幫我實現嗎？」梁文森沒見過林懷恩這麼失控過，他有些擔心並悄悄靠近抱住他。

林懷恩無法思考，梁文森突然離自己這麼近，只覺得這個人的嘴脣離自己好近，不親一下很可惜。

他主動靠近親吻那雙脣，梁文森先是停頓一下，很快就配合他的動作回吻。

林懷恩醉得很厲害，行為也比平時大膽許多，微張著嘴反覆親吻梁文森，還偷偷探出舌頭攪弄梁文森的脣舌，直到快喘不過氣來才甘願放開。

「文森，你能不能不要背叛董事長？」林懷恩近乎哀求地說道。

他在此刻只覺得難受，他仍然很愛這個男人，可是理智又不斷提醒他，對方做的事他無法原諒。他找不到平衡的辦法，唯一能做的是懇求梁文森放棄這個想法。

可惜，他從梁文森的眼神看出這個人並不打算改變。

「不准你提別人，現在只屬於我跟你。」梁文森沒有正面回應他的請求，林懷恩感到非常失望。他還有很多疑問想問梁文森，可是酒量太差，完全撐不住。

他好想問，他們現在到底算什麼關係——

還沒問出口，他就醉倒在梁文森的懷裡，直到隔天酒醒了，他也無法得到答案。

因為所有人都聯繫不上梁文森，沒人知道他去了哪裡，只曉得他向海神百貨請長假。同時，梁文森企圖與吳常山聯手拉下海翼，搶奪董事長之位的消息，更在公司內部傳開來。

第九章　很近又很遙遠

梁文森請長假一事，對海翼與戴哲尼來說無疑是個好時機。

戴哲尼沒有停下尋找提升業績的方法，雖然這麼說對心情大受影響的林懷恩很抱歉，但是他必須趁勝追擊。

他正在向海翼說明自己設計的行銷方案。

「以八〇年代做主軸，用懷舊的風格做設計，主題叫『歡樂柑仔店』，除了實體店面，也可以線上購物，讓大家可以重溫兒時記憶。」

戴哲尼做完結語後，滿心期待望向唯一在場聽取內容，也是共同策劃人的海翼問道：「如何？」

「嗯——」海翼盯著簡報最後一頁陷入沉思，戴哲尼難掩緊張直盯著他。

「只有懷舊不夠特別，增加不同元素試試看？例如……」海翼將視線落在他身上幾秒，靈光一閃說道：「穿越？」

「做成時光隧道的概念？好欸。」說到這個，戴哲尼露出自信的笑容，穿越的經驗可不是人人都有。

「就這麼決定，你把企劃細節調整一下，就可以執行了。」海翼一副全力支持的態度讓戴哲尼相當開心，一時忘我就往他身上撲。

已經養成會對戴哲尼摸摸抱抱習慣的海翼，順手就抱住戴哲尼想親吻，馬上就被阻止：「欸欸，上班時間。」

「只有我們又沒關係。」海翼雖然感到可惜，仍舊放開他。

企劃有了著落，戴哲尼的焦慮稍微減緩一些，他著手整理時瞥見梁文森規劃的企劃問道：「對了，梁總請長假的話，他的『幸福成家』要取消嗎？」

「不用取消，兩種活動不衝突，可以一起進行。」海翼的反應很平靜，梁文森請長假的事完全不放在心上。

戴哲尼聽聞，露出讚賞的笑意說：「我還以為你會順勢退回他的企劃。畢竟你們現在是競爭對手，真不錯欸你。」

「身為董事長要的是整體業績，取消對我沒好處。」

戴哲尼一副長輩式微笑說道：「不愧是我愛的人，有格局。」

「你還順便誇自己，很會啊。」海翼被他的表情逗笑。

戴哲尼見海翼能這麼愜意地笑著實安心不少，先前的打擊折磨並沒有擊垮他，自己也能多一份心力助他穩住家族事業也感到開心。

在海翼的支持下，這項企劃正順利進行，戴哲尼也全心全意投入。他挑選的概念都是自己兒時經歷過的事物，對這個時空的人是懷舊，對他來說是當下。

漸漸地，他想念金花阿嬤的心情又被挑起。

「不知道阿嬤這段期間到底過得如何……」

埋首在筆電螢幕前工作的戴哲尼，剛從一陣忙碌裡抽身當下又想起金花阿嬤。

事隔二十年所有能聯繫上金花阿嬤的線索全斷，以他的能力又不知從何找起，如果問問海翼一定有辦法，但是他鮮少向海翼提及這件事。

因為每回提起，海翼總會露出寂寞又不安的眼神，反問他是不是會離開自己？

他從來沒有正面回答過，因為他也不確定自己的正確答案，往往就會把氣氛搞得尷尬不已。從此就算再怎麼想念他也盡量不提，但不提不代表不想念。

「有沒有什麼辦法可以解決呢——」當他陷入失落的情緒時，筆電螢幕像是會讀心術一樣，跳出一個叫做「九真通靈命理館」的廣告，大大的「尋人、萬事皆可問」字眼，吸引他的目光。

「這什麼……？」戴哲尼被關鍵字吸引下點開網站，網頁上有命理師的照片，是個相當年輕、帥氣的男性，但是下方的宣傳文卻很奇特。

「什麼……九天玄女唯一指定結拜兄弟？從八百英尺降落到兩百英尺間，一定給你滿意的回答？」戴哲尼喃喃唸完後，不禁眉頭深鎖。

「如果真有這麼神，還需要出來賺錢算命嗎？」戴哲尼本想關掉網頁，卻瞄到下方有好幾個尋人成功的案例而停手。

「他可以尋人欸……雖然很可疑，但是如果可以順利找到阿嬤，都可以試試吧？」

戴哲尼越看越心動，幾經思量後拿起手機，決定聯繫這個叫張九真的命理師。

戴哲尼順利完成預約，並在指定的時間來到這間命理工作室，他一進去就被滿滿的裝飾吸引：「挺像一回事的。」

「你就是戴哲尼？」一陣男性嗓音突然冒出，戴哲尼不禁嚇了一跳。

「欸？什麼時候……」戴哲尼愣在原地，看著不知何時出現在桌前的男性。

「我等你很久了，請坐。」

「你就是張九真？」戴哲尼在他指引下就坐，卻老覺得有股熟悉感，他俯身問道：「我們是不是在哪裡見過？」

「沒有，我今天第一次跟你見面喔。」張九真笑咪咪說道，戴哲尼仍然一臉困惑。

「你跟我一個朋友還真像——」戴哲尼盯著張九真，不禁想起那位在公園借他紙箱的福德哥。

張九真依舊維持一樣的笑容說：「那還真是巧，你那位朋友一定也有仙緣吧？」

「有沒有我是不知道啦，但是他幫了我不少……算了，長得像也不是奇怪的事。」戴哲尼很快就把疑慮拋開，急著切入主題說道：「你這裡什麼都能問吧？」

「當然，我先說明，我這裡跟其他命理館不同。我可以接收到帝君的指示，祂會跟你的守護神溝通，我負責傳遞。」

「喔……好。」戴哲尼點點頭，看著張九真搖晃了一下身軀，接著拿起手機按下撥號鍵並順利接通。

「帝君啊？該上工了！麻煩您了。」張九真恭敬說完後，再次將手機放下。

戴哲尼一副不能理解、略帶輕蔑的語氣說：「你打給……誰？」

「帝君啊！現在神明也是有手機跟網路的。」

「怎麼可能？你別騙我了……」戴哲尼開始後悔不該來這趟。

張九真眼見他一臉不信任，為了證明自己免得前功盡棄，立刻敲敲桌子說：「可以開始了，你說你叫戴哲尼，對吧？」

「對啊，我跟你預約的時候就說過了。」戴哲尼垂下肩膀，覺得自己來這趟有點蠢，已經打算找機會離開。

「不是喔，這不是你真正的名字。」張九真搖搖頭說道。戴哲尼此時立刻挺直背，神情也變得認真。

「你還知道什麼？」

張九真見他態度不同趁勝追擊：「你的本名叫何柏緯，從二〇〇〇年穿越過來的。」

戴哲尼此時倒抽一口氣喊道：「你還真的會通靈啊？」

「當然，而且我知道你小時候就常常孤單寂寞覺得冷吼？爸媽很早就不在了，來，你想問什麼？隨你問。」

戴哲尼這下不能不信，連忙說道：「我想知道我阿嬤過得如何，她的腳還會痛嗎？她在哪裡？」

「唉？你問這個……」張九真一臉呆滯，戴哲尼的提問不在他預料範圍內，隨即拿起手機通話，一臉為難地看著戴哲尼低語：「別這樣，他都來了……啊，好啦，我處理。」

「怎、怎麼了？」戴哲尼看他眉頭深鎖又是一陣緊張。

「帝君有事，他下線了——不過沒關係，下次還有機會，我今天不收你的錢。」

「你人真好。」戴哲尼聽到不用錢，一臉眉開眼笑，頓時覺得張九真很順眼。

「當然，我們再約下次的時間，看是要問你阿嬤還是要送你回去那個時代，我都辦得到喔。」

戴哲尼頓時心裡一陣激動。張九真這番話給了他無限的曙光，至於與張九真結識這件事，戴哲尼決定不讓海翼知道。

從那天起，他時時刻刻都陷入掙扎的情緒，尤其隨著與海翼相處的時間越長，關係也越來越親密了。

海翼無論在工作或私人時間都特別依賴他，獨處的時候親親抱抱已經是常態。令他越來越喜歡的一點是，海翼都會把他的提醒聽進去，雖然偶有耍脾氣、嘴硬的時候，不過這些都不影響他們的感情。

就是因為如此，他才會陷入掙扎。

他想回去，但是他無法想像沒有自己的海翼會過什麼樣的生活。

「能回去的機會很難得，我不能放過——可是，我這樣隨隨便便就離開，海翼很難過……」戴哲尼左思右想，腦海中冒出一個合適的人選。

「拜託對方一定沒問題——」

◎

夜裡，對海翼來說向來是快樂的休息時間，海音的到訪打亂他以往的作息。

「姑姑，妳突然來找我有什麼事？」海翼邊說邊端給她一杯茶，看對方笑容滿面的樣子更是不解。

「來看看你恢復的狀況啊。」海音認真地瞧他全身上下一眼，很是滿意點點頭。

「用視訊就可以了，這麼晚還特地來一趟……」

「我剛剛結束一個飯局，跟一個好姐妹聊得很開心，剛好提到你就想過來看看。」

「喔——」正當海翼覺得只是普通的敘舊跟探望時，海音下一秒的表情與態度，令他立刻察覺不妙。

「夏日集團的總裁夫人，你聽過吧？他的女兒剛好跟你年紀差不多，我們想安排你們相親，如何？」

「妳是說夏如風？」海翼隨即皺眉，本來還希望只是自己多慮，居然還是聽到不想聽到的話題。

「對啊，我記得你們小時候見過。她最近剛從英國回來，想讓你們認識交個朋友。」

「姑姑，安排相親不像妳會做的事，再說了，我不需要。」海翼小心使用措辭，對他來說，海音是個值得敬重的長輩，因此他不希望因為這件事鬧得不愉快，況且他現在可是名草有主……

當他這麼想時，那個草突然從房裡走出來說道：「聽起來條件不錯，你去試試看啊。」

海翼看向戴哲尼喊道：「好什麼好啊？你不知道狀況別亂講。」

海翼見他跟著一搭一唱感到不開心，應該要同一陣線的人居然跟著幫腔，而且看這個態勢，很明顯一開始就在偷聽。

戴哲尼的真實身分，一直是他交往後的隱憂，現在這個舉動更是加深不少。

海音就看著這兩人像是鬥嘴似地起爭執。她對戴哲尼的印象很好，曾偷偷委託人事部的曾銘峰調查這孩子的底細，才曉得海翼回臺灣後，都是他在旁協助照料，因此兩人的關係好似比家人還親。

海翼也在戴哲尼的影響下，心境轉換不少，比起從前還要圓滑許多。所以不久前戴哲尼私下拜訪海音，希望她能幫海翼找個適合的陪伴對象，海音很爽快地答應，兩人正展現演練過的默契勸服海翼。

雖然，海音有點介意，戴哲尼說自己不見得能一直陪在海翼身邊的意思。她覺得這孩子透露著準備遠行的氣息很明顯，但是她並未過問太多。更認為是自己想太多，畢竟身為海翼唯一能支持的親人，她也樂見這孩子能成家立業。

「姑姑，我現在對相親沒興趣。」海翼搖頭想拒絕，戴哲尼再次打斷他。

「還是你怕對方看不上你？」

「我才不是顧慮這個！」海翼瞪向戴哲尼，希望他閉嘴。

海音露出同情的目光說道：「啊……因為陸思琪造成的陰影吧？」

戴哲尼也露出同樣的反應看向海翼，海翼被這兩道憐憫的視線洗禮，覺得備受侮辱說道：「陸思琪是我不要她的！我才沒什麼陰影，要相親是吧？我去！我要證明給你們看，我超有魅力的好嘛！」

「那就這麼說定啦，姑姑會盡快幫你安排時間。」海音得到他允諾後，立刻起身不給任何反駁的機會，開開心心向兩人道別，旋風似地走了。

海翼回神來才發現自己中這兩人的圈套，他正想質問戴哲尼，卻發現對方不知何時又溜回房間，擺明就是要逃避他。

海翼很想問清楚，等到深夜才抓到機會。當他看見戴哲尼在廚房裡一臉失魂落魄的樣子，一股不安湧上心頭。

「你要我去相親，是認真的嗎？」

戴哲尼措手不及，連忙喝下一口水鎮定地說：「嗯，對你、對海神百貨都好。」

海翼清楚看見他一閃即逝的心虛，絲毫不能理解，更逼近他問：「到底哪裡對我好？你真的這麼想？」

「對啊。」戴哲尼可以明白他不能諒解，只是沒親身體會到海翼生氣起來，是這麼可怕。

「你認真？我們現在是什麼關係？然後你叫我去相親？」海翼不斷逼近，戴哲尼頻頻往後退直到角落，發現無處可逃，只能努力維持微笑應對。

「只是去相親而已，反應不要這麼大。而且，你現在不適合感情用事，公司的處境這麼困難，如果跟夏小姐結婚的話，一定是個助力啊。」

海翼此時的臉色越來越鐵青，戴哲尼這番話簡直像把他們過去經歷的一切往腳下踩，當作不存在似的。他緊盯著戴哲尼，試圖從對方的神情找出為何演變至此。

他什麼都看不出來，只曉得戴哲尼眼神飄移、有所隱瞞。

「我以為我們確定關係了、以為你總算成為我的男友之後不需顧慮這些，你居然對我這麼沒信心，需要用聯姻來穩住公司！」海翼難掩失望，尤其戴哲尼沒有任何辯解的意思，令他更難過。為了不讓自己說出更惡毒的話，隨即轉身返回自己的臥房，落單的戴哲尼則沮喪地看著被狠狠甩上的門。

這一夜戴哲尼也很難熬，他不是故意要激怒海翼，只是現在他得先替這個人做點什麼。他趁著午休時間躲到公司附近的公園，思考如何順利安排，不希望自己回去之後，海翼一個人落單，可是這麼一來就再也見不到面了吧……

「我如果消失了，你還會想念我嗎？」戴哲尼不禁發出嘆息低語。

「你如果愛我，你怎麼可以消失？」

「咦？誰在跟我說話？」戴哲尼聽到有人回應嚇得起身察看，馬上發現林懷恩一臉落寞坐在不遠處。

林懷恩聽到他的呼喊，連忙抬頭望去：「咦？戴哲尼，你也在這裡喔？」

「對啊，好巧——」戴哲尼隨即湊到他身邊招呼，他很清楚林懷恩連日來情緒低落的原因，關心問道：「還是沒聯繫上梁總嗎？」

「對啊……那天生日的時候還約我一起吃飯，我以為事情有點轉機——結果突然就搞消失，手機不接、訊息不回，所有人都不知道他去哪了。」林懷恩神色憔悴，等不到梁文森報平安，他就無法安心。

「別急，他可能有重要的事要處理抽不開身，忙完後就會聯繫你了。」戴哲尼能體會林懷恩焦慮的原因，就像他擔心金花阿嬤的下落。

「可是，他從沒請過長假，這種時候請假……時間點很怪啊。」

「而且三個月的期限也快到，我不懂，難道他為了拉下海翼做準備？」

林懷恩眉頭皺得更緊，悶聲說道：「我覺得自己好像被當傻瓜耍，工作的主導權在他們手上就算了，為什麼感情也要被他們主導？」

「對，因為他們是甲方，有絕對的優勢，相比之下我們弱小又可憐，只能互相支持了。」戴哲尼拍拍他的肩，完全感同身受。

林懷恩安靜了一會兒，低聲說道：「氣歸氣，我還是很擔心他，至少回個訊息也好……我只想確保他平不平安。」

然而，梁文森還是沒有聯繫。

儘管他請長假，但是他主推的「幸福成家」婚顧必須如期進行，林懷恩受海翼指示，負責專櫃進駐時給予協助。

海翼並沒有因為該企劃是梁文森提出而有所顧忌，反而是盡心看待。看在眼裡的林懷恩，越來越覺得這場業績賭約不應該繼續下去，一起同心協力完成各項企劃不是更好嗎？

可惜，這般心情他無法傳遞給梁文森知道。

新專櫃進駐的時間都在晚上打烊後進行，等隔天開門時間一到，呈現給客人的是完整的擺設，往往為此忙到深夜是常見的事。

林懷恩盡量將注意力都放在工作上，但是一有空檔就會被失落情緒占滿。

「你是林懷恩？對吧？」

他回神才發現有兩名男子站在面前，有一位他不認識，另一位他想忘都忘不了。

「葉總監你好，上次我在咖啡廳的行為很沒禮貌……對不起。」林懷恩憶起那天尷尬的局面，馬上向葉幸司行禮道歉。

「沒關係，我跟文森念大學時就認識，他跟我提過你，你不用放在心上。」葉幸司溫和地笑道。

「原來你們認識。」林懷恩表情更尷尬，幸虧對方不計較。

「你就是林懷恩？我聽幸司提過你。」另一名年紀明顯比葉幸司小許多的男子，朝林懷恩打量一番，男子很快就察覺他疑惑的眼神說道：「我叫傅永傑，我是幸司的男友。」

「喔……」林懷恩不禁愣住，隨即理解兩人的關係，又看著他們之間瀰漫著融洽的氣氛，對照自己的處境完全是天壤之別。

「真好。」林懷恩下意識脫口而出的羨慕之意，引來兩人注視。

「你跟文森怎麼了？」葉幸司小心追問，換來林懷恩更沮喪的反應。

「我跟他不可能了，我們最近發生太多事情，而且他現在喜歡的是別人。」

「不可能。」葉幸司立即否定的反應，讓林懷恩很困惑。

「什麼意思？」

葉幸司思忖著過往回道：「他找我聊過你的事，我認識他這麼久還真沒看過，他對誰這麼在意過。他以前就提過，有個小朋友讓他惦記在心裡，還因為你們之間年紀差距、怎麼跟你相處，苦惱過一陣子。」

「因為跟我們情況類似嗎？」傅永傑望向葉幸司問道。

葉幸司對他投以溫和的笑意點頭，才接著對林懷恩說：「畢竟我跟永傑一開始有很多顧慮，還曾經無視過他，結果把自己害慘。所以我勸他誠實一點會比較好。」

傅永傑接著說道：「我們初期也沒這麼順利，性格跟習慣差異很大，更重要的是我們的爸媽是再婚的關係，所以光是克服家庭的問題也花了不少心力。如果你有疑問就主動去問清楚啊，自己悶著煩惱最痛苦了。」

林懷恩神情透露著佩服之意，更感受到這兩人很努力開導他，正因為如此讓他更失落了。

「林懷恩，你還好嗎？」葉幸司見他悲傷的眼神感到擔憂。

「其實我最近都聯繫不上他，你知道他去哪裡了嗎？」

葉幸司與傅永傑聽聞一臉愕然，葉幸司回道：「我們最近沒聯絡，雖然他有提到會休假一陣子，不過都已經安排好，所以活動流程不影響，他真的都沒聯絡你？」

「我找不到他，而且我很想他。」

葉幸司跟著皺眉，也不忍心看到林懷恩沮喪，伸手拍拍他的肩安撫道：「我也會試著跟他聯繫看看，如果有消息我馬上通知你。」

「謝謝葉總監、傅先生。」

林懷恩再次向他們兩人行禮道謝後，就各自忙碌去了。

雖然葉幸司的承諾為他帶來一絲希望，但是梁文森並未因此有消息。

幸福成家的活動在隔日順利展開，反應良好，但是林懷恩依舊開心不起來，白天上班的時候，一有空檔就會拿出手機確認梁文森是否有回應。

可惜，每看一次就希望落空一次。

「林懷恩。」

「嗯？」他正準備回去辦公室的路上，卻被東尼叫住。

「經理？怎麼了嗎？」

「你怎麼魂不守舍的？文件都掉了。」東尼說罷，順勢將文件塞到他手上。

「謝謝經理。」林懷恩看著文件，心一動問道：「經理，你知道梁總去哪了嗎？」

「我不知道。」

「你……不知道？你不擔心嗎？」

東尼面對他的疑問一副欲言又止的態度，林懷恩並沒有察覺，只是自顧自地說：「我沒別的意思，我只是擔心他好不好——」

「林懷恩，有件事我應該跟你說，那天我幫梁總調整領帶，其實是他故意要我這麼做，包括要我裝作跟他很親近的樣子。」

林懷恩不敢置信地問：「為什麼要這麼做？」

東尼困擾回道：「我也不清楚，他只說與其讓你為難，不如讓你恨他。」

這是什麼意思？

林懷恩得知事實後，心中的疑惑更深了。

東尼的坦承，表示梁文森並沒有喜歡上別人。反而誠如葉幸司說的，而是非常在乎自己。可是這陣子以來，梁文森的態度實在太反常了。

尤其與海翼對立這件事，根本不需要做到這麼決絕。

「你真的是為了權勢，犧牲掉我們的感情嗎？」林懷恩盯著手機裡那個始終沒有回應、沒有已讀的通訊頁面，陷入宛如泥沼的思緒裡。

做到這個地步，林懷恩差不多該對自己死心了吧？

梁文森望著專為度假設置的舒適環境，略感失落地想著。

◎

打從向海神請長假之後，他就配合吳常山的安排，在這間環境優美、設備高檔的溫泉會所裡休假。

他工作多年，不曾這麼長時間休息過，空檔變多了也容易想起許多事情。只是這些心思在吳常山面前，他都掩藏得很好。

「等等他們就到了，我們先喝酒。」吳常山的心情很好，與他對飲還熱心推薦菜色，梁文森很配合並與他交談甚歡。

「好的，謝謝吳副董。」梁文森抿了一口酒，偶爾分神看著手機。他經常看見手機跳出林懷恩傳來的訊息，他都是透過提醒功能看對方傳了什麼內容。

多半就是問他在哪裡、過得好不好、人平安嗎，他每看一次對林懷恩的掛念就會多幾分，為了讓關係斷絕乾淨他不曾點開過。

「總經理，我出車禍了。」

梁文森被這行字震懾住，瞬間拋去自己連日來堅持的事情直接點開訊息，林懷恩就只留下這句話沒有後續，他心裡著急想追問情況，吳常山卻在這時起身邊接電話邊向他說：「陸董來了，我去門口接他。」

梁文森故做鎮定目送他離開，趁著空檔馬上撥號出去，對方很快就接起。

「幸司，我想請你幫我一個忙——」梁文森沒有時間招呼寒暄，將前因後果交代一次，葉幸司一口答應他的請託。

等待的時間對他來說是磨人的漫長。就算已經先得到葉幸司回報對方沒事，他仍然不放心，趁著飯局結束得以脫身，他悄悄開著車前往林懷恩住家附近，確認他居住的那戶亮著燈，這才稍微安下心來。

就在這時，他接到了葉幸司的來電。

「我之前才跟他聊到很久沒跟你聯繫，我跟永傑正在陪他，他沒事。」葉幸司的語調輕鬆，梁文森望著那扇亮著光的窗戶，心情比剛才輕鬆許多。

「那他……有受傷嗎？」梁文森難掩思念問道。

「他只是想跟你見一面，所以『製造』了一點事件。」葉幸司無奈笑道。

「是嗎？我知道了。」梁文森淡淡回道，之後就沒有多說什麼，短暫幾秒的沉默讓葉幸司有點在意。

「你要跟他說說話嗎？我現在可以把手機轉給他。」

「先不用，我確定他沒事就好。」梁文森快速結束通話，視線仍舊停留在那扇窗。

「為了見我，連說謊這招都搬出來了。」梁文森對此並不生氣。以他對林懷恩的理解會做到這種地步，表示林懷恩一直掛念著他。

林懷恩仍舊沒能見到梁文森，比起失望，他覺得更像被遺棄。

他以為這種被遺棄、獨自一人的經歷不會再有，結果卻是他深愛的梁文森再次給了他這樣的打擊。

「明明有看到訊息，但是沒有回應；卻能聯繫上葉幸司請他來關照，反而不跟我見面。」到了這一步，林懷恩已經不能理解梁文森到底在想什麼。

「只是見一面都不願意的話，或許就這麼散了吧……」林懷恩雖然一點也不想走到這一步，但是他能嘗試的都做了，卻連一句「你還好嗎？」都得不到，更別說要見個面說清楚。

葉幸司跟傅永傑那晚陪他到很晚、很晚，也說了很多話，沒人針對他的說謊生氣，反而溫柔安撫他。

一夜過後他好像想開也死心了，雖然偶爾還是會拿起手機，看著那個永遠已讀不回的通訊頁面發呆。幸好，工作很忙，忙得他沒空去煩惱這些。況且他調到董事長辦公室，就是想幫忙穩住海翼的位置，如今結果還沒出來他不能鬆懈。

戴哲尼提出的新企劃，他覺得很值得期待，說不定能一舉幫助海翼保住董事長的位置，一想到這裡林懷恩的心情就好點了。

「嗯？戴哲尼還幫我泡咖啡啊？真難得。」剛回到座位的林懷恩看著桌上一杯咖啡挑挑眉覺得新奇，他伸手一碰杯子隨即察覺不對勁。

「不對、不對，戴哲尼今天下午都不在辦公室，他根本沒時間弄這個。」林懷恩手捧著杯子發現還溫溫熱熱的，表示剛泡好不久，他覺得古怪也不敢喝了。

林懷恩握著杯子沉思，突然聽見電腦內傳出旋律，他定神一聽不禁瞪大眼睛。

「這不是我之前播給文森聽過的音樂嗎？」林懷恩盯著咖啡幾秒，很快就察覺一個可能性，梁文森來過這裡！

林懷恩再也坐不住跑出去找人，可惜仔細找過後仍然沒見到任何人。他試圖對著早已無人的走廊呼喊梁文森的名字，得到的是令他再一次失望的靜默。

◎

戴哲尼整個下午都不在。

他不斷催眠自己，海翼是他的上司，所以跟過來偷看對方相親也是出自關心，合情合理。

他就躲在咖啡廳一角，看著海翼與相親的對象夏如風相談甚歡。

戴哲尼的心情很複雜，一半欣慰一半有點心酸，但是他必須保持理性，因為他可是費了很大的力氣才把海翼成功勸服答應相親。

他總忍不住多看海翼幾眼，對方今天身上所有的穿搭配件都是他買的。當然這一切得感謝在背後全力支持的海音姑姑，出錢又出力，讓戴哲尼對這位女性長輩特別有好感。

讓海翼同意相親的交涉過程，戴哲尼什麼方法都用上了，最後是靠激將法才讓他答應，這也是仰賴他對海翼的理解。

相處久了，戴哲尼很清楚這個人挺好面子的，只要戳對重點就會上鉤。海翼一直到約定之日前夕還不願意配合，於是他就放大絕刺激海翼，說他怕了，還是之前生病休養太久胖了，沒信心穿下他買的衣服。海翼一氣之下答應相親，要證明自己沒有他們說的那麼慘。

誠如海翼所說的，憑他的魅力，他與夏如風剛認識不久，但是相處的氣氛很好。

「聊得真開心……一開始還說不要的人是誰啊？」戴哲尼離他們有段距離，雖然聽不到談話內容，可是海翼的表情很放鬆、聊得很開懷。這個表情戴哲尼也經常看到，只是不過此刻的他心裡還是難免感到醋意。

「不行、不行，戴哲尼你得忍耐，這可是攸關他的未來，至少在我回去之前要幫他守住海神百貨才行。」戴哲尼反覆提醒自己，握緊雙拳祈禱相親順利進行。

海翼早就發現戴哲尼有跟來。

他與夏如風交談的過程中，經常分心注意那個躲在角落的身影。

被安排相親的事情，本來他打算死也不會同意。戴哲尼根本不理會他的意願，與姑姑一搭一唱還擅自敲定時間等他赴約。當他看見戴哲尼替他購買的新衣服時，心情相當複雜。

知道戴哲尼固執起來是十輛卡車都拉不動的他，當下決定反其道而行，先同意接受相親的安排，免得對方又抓著他絮絮叨叨。

海翼是這麼想的，答應不代表要全盤接受。

夏如風是個很美麗、談吐大方、活潑的女孩，可惜他現在心有所屬，他懷著歉意與夏如風聊天，偶爾偷看一下時間默唸著，好戲準備上場了。

「親愛的！你怎麼可以這麼對我。」魏瑟茉一臉憤怒，挺著大肚子朝他們走來。原本甜笑的夏如風表情都僵掉了，海翼面對她一臉驚慌不知所措。

「我……妳為什麼會在這裡？」海翼站起身，說話都結巴了。

「海翼，這是怎麼回事？」夏如風神情很慌張，試圖從海翼那邊得到解答。

魏瑟茉挺起肚子又喊：「你還問？你說要我等你，等你事業穩住才要娶我啊。」

「妳鬧夠了沒啊！」海翼向她怒喊，接著又對夏如風討好地說：「你別理她，自以為配得上我，也不想想是什麼身分。」

魏瑟茉一臉快哭出來的樣子，夏如風不敢置信地站起身，並對魏瑟茉投以同情的眼神。

「你這個人真爛！渣男。」夏如風根本不想再跟海翼說話，一怒之下抓起水杯朝他潑了一身溼後，便頭也不回地走了。

魏瑟茉與海翼望著夏如風離去的方向，確定她不會再出現，這才鬆口氣並往空位坐下邊用手搧風問道：「累死我了，如何？海董事，我演技不錯吧？」

「是還不錯，有點油膩。」海翼忍不住笑出聲，兩人一副大功告成的鬆懈感。

目睹全程的戴哲尼再也坐不住，衝到他們面前：「魏瑟茉妳在搞什麼啊？妳破壞了多重要的事，妳知道嗎？」

「是海董事長叫我來演這齣的，你怎麼反而罵我？」

戴哲尼聽聞不禁一愣，不禁望向海翼一臉不解，對方則更困惑地反問：「我才想知道，你為什麼一直要把我往外推，我是你男友欸。」

「我是為你好。」戴哲尼收起情緒，認真說道，可惜並沒有打動海翼。

「為我好？」海翼提高音調，覺得他的回答很荒謬。一旁的魏瑟茉顯然是站在海翼這邊，跟著質疑戴哲尼的態度。

「我知道你為了海神百貨背負很大的壓力，如果你能跟夏日集團聯姻一定有所幫助，也有個人陪你，不是很好嗎？」

海翼臉色鐵青搖搖頭說：「我也跟你說過我並不想聯姻，結婚這種事要跟深愛的、喜歡的、合得來的人才對，而且我不是有你陪了嗎？」

「你不懂啦……」戴哲尼很洩氣，明明是告白場景，但是他一點也開心不起來。

「我是真的不懂，你到底怎麼了？發生什麼問題了嗎？」海翼以為說清楚就沒事了，但是戴哲尼的態度讓他有點……生氣。

「沒有，我就說我為你好——」

一旁的魏瑟茉看不下去，幫腔喊道：「拜託，戴哲尼，你明明也很在乎他，幹麼要做這些啊？」

戴哲尼安靜看著兩人，他知道自己現在處於劣勢，更曉得再待下去只會讓場面更難看，他猶豫一下抓著魏瑟茉說：「妳過來！跟我走。」

「啊？為什麼啊？應該是你要留下來跟海董事說清楚——」

「妳先跟我走就對了啦！」戴哲尼刻意忽略海翼的目光，像是落荒而逃，抓著魏瑟茉消失在他面前。

被獨自留下的海翼只感到落寞與不解，戴哲尼的行為觸動他一直很懼怕的事。

「我怎麼感覺，你準備要永遠離開我了……」

◎

氣走夏如風的事，到了晚上就傳遍了整個海神內部，當然其中最生氣的就是牽線的海音。海翼免不了挨一頓罵，這點也早有心理準備，但是讓他鬱悶的是戴哲尼的反常行為。

糾結的心情打不開索性就去酒吧裡買醉，希望靠酒精能暫時遺忘加諸在他身上的紛紛擾擾。這時有個人來到海翼身邊緩緩就坐，還帶著輕蔑的笑意。

「小海董，聽說你搞砸了與夏日千金相親的事啊？真可惜，如果你懂得看情勢，這可是穩住你董事長寶座的機會。」吳常山端著酒杯掩不住竊笑說道。

「吳常山？你怎麼會來這裡？」海翼的眼神飄忽，正被酒醉漸漸淹沒，對這位長輩說話並不怎麼客氣。

「當然是來關心一下你，我真沒想到你這麼風流啊，還搞大別人的肚子。你爸知道的話不知道會有多傷心，看來你這個董事長的位置不保囉。」吳常山掃視他一眼，對海翼已經徹底看不起。

「別拿我爸來壓我，你怎麼確定我不能穩住海神？」海翼瞪著他，看著他已經毫不掩飾的企圖心，心裡相當憤恨。

「你有幾斤幾兩我還不清楚？現在連你姑姑都不挺你，你還能怎麼辦？」

「我能怎麼辦？」海翼晃著酒杯，滿不在乎地笑著：「先把自己灌醉，看能不能把一切都忘記，呵呵。」

「果然是個敗家子，海神哪能交給你？扶不起的阿斗。」吳常山輕哼一聲，將杯子內的酒一飲而盡，彷彿提前得到勝利一般起身離去。

海翼只看了他一眼，心情惡劣地仰頭灌下一杯酒，想將不斷湧上的鬱悶感澆熄。

第十章　安身之處

安排相親一事，被海翼與魏瑟茱搞那麼一齣之後，就沒有下文了。

連帶地，戴哲尼覺得與海翼之間的氣氛變得有些緊繃。海翼雖然不與他起衝突，但是態度上比平時尖銳一些。

戴哲尼也明白多少是因為自己的關係，那天在咖啡廳鬧完後，他情急之下帶走魏瑟茱，就把自己來自過去的事實全盤托出。

起初魏瑟茱不太信，還說要帶他去看精神科。戴哲尼為了證明自己，還把先前去九真命理館的事說一遍，並提及自己與小時候的海翼見過面，因為幸運繩的事確認雙方的身分，魏瑟茱這才相信。

顯然魏瑟茱很喜歡這種命運般的相遇，聽完源由後眼睛都發亮了。

「既然這樣的話，你穿越過來的原因，一定是為了要跟海翼重逢。你看看，都在一起了，那有什麼好煩惱的？反正你在這裡是『戴哲尼』，有愛你的人、也有你愛的人，應該是留在這裡跟董事長開開心心過日子啊。」

戴哲尼望著魏瑟茱那雙充滿光彩眼神，為難說道：「我也很想啊……可是，我阿嬤也需要我啊。」

魏瑟茉察覺他掛心的原因，無法給予實質的幫助下，只能拍拍肩膀以示安慰。

不過，仍然有令他稍微感到開心的事。

他與張九真一直保持密切聯繫，對方也很積極，字裡行間都透露著他回到過去的機會越來越大。

今天一早，戴哲尼正忙著與他傳訊息，熱絡的程度讓一旁同桌吃早餐的海翼頻頻偷看關切，但是他太過專注並未察覺。

「大師，請問時間敲定了嗎？」

張九真：「正在安排，要送你回去是大工程，有很多細節要疏通。」

戴哲尼盯著這段回覆一會兒，試探性問道：「請問有人數限制嗎？」

「你以為是旅行團喔？而且對方願意嗎？又不同時代，各有各的歸屬啦。」張九真的回答讓戴哲尼很沮喪，忍不住看了海翼一眼，恰好彼此四目相接。

海翼躲不開這個瞬間，故做鎮定問道：「你在跟誰聊啊？這麼有話聊？早餐都沒什麼吃。」

「喔……跟一個朋友聊。」戴哲尼不太會掩飾，臉上寫滿心虛之意。

海翼很難不察覺他有事隱瞞，態度不太好地反問：「誰？」

戴哲尼思量後決定隱瞞張九真的事，但是心裡有個疑惑非要得到確認才行。

「我問你，如果……我是說如果，我能穿越回去的話，你願意跟我回去嗎？」

海翼眉頭深鎖盯著他，非常抗拒這個話題，不悅回道：「你可以不要想這些有的沒的嗎？」

「我只是問問，而且萬一我回去，只剩下你一個人怎麼辦？」

戴哲尼的問題再次戳到海翼最在乎的隱憂，他情緒激動地喊道：「你休想丟下我，你想都別想。」

戴哲尼依然心平氣和，口吻比剛才更嚴肅地問道：「這樣的話，你願意跟我回去嗎？」

海翼安靜盯著他一會兒，想看出戴哲尼到底在想什麼，可惜海翼不會讀心術，只好回道：「我不知道，我現在只想完成我爸的遺願守住海神，不想被別的事情影響。還有，我希望你別再想這些事。」

戴哲尼沉默著，心想這就是海翼的回答，他心裡也有個底了。

「好啦！我只是問問——啊、我買了個禮物想送你。」戴哲尼從口袋裡拿出兩條皮製手鍊展示給他看，樣式簡單、男款設計，重點是成對的。

「這是什麼？」海翼看著他掌心上的兩條手鍊隱藏的含意，心情稍稍轉好。

「你那條幸運繩也舊了，我買了這個一起戴，手伸出來我幫你戴。」

海翼不疑有他，爽快抬起手讓他戴上，戴哲尼神情慎重地在他的手腕戴上手鍊。

從海翼的角度看不見他那副準備道別的神情，他欣喜地看著那條手鍊說道：「真難得，為什麼突然想送我？」

「就當作是賠罪，之前逼你相親讓你很不愉快，我以後不會這麼做了。」

海翼聽聞勾起微笑，剛才的鬱悶一掃而空。

「這就對了——我得出門一趟，等等有事會晚一點進公司。」海翼看著時間也差不多了，起身準備出門。

「啊？這樣我要跟嗎？」戴哲尼起身問道。

「不用，我自己可以處理，你先進公司忙。」海翼說完後轉身離開。

獨自一人的戴哲尼隨即收起笑臉，看著自己的手鍊低語：「也好，讓你慢慢習慣一個人吧。」

◎

梁文森正默默掐算自己在這個溫泉會館待幾天了。

他很久沒休過這麼久的假，身心都過度放鬆了。或許連日來的奢華假期，讓他對眼前滿桌的美食、名酒都麻痺了。

吳常山在他面前眉開眼笑說道：「期限快到了，海翼的業績跟你差不多。按照約定他必須比你高才算贏，而且他還搞砸他姑姑精心安排的相親，果然是爛泥扶不上牆啊。」

梁文森對此沒有任何評論，漫不經心問道：「所以，我們可以進行下一步了？」

吳常山露出更愉悅的笑容，拿出一只牛皮紙袋說道：「沒錯，這是陸廣集團的合作意向書。只要你簽字，海神百貨的董事長就是你了。」

「動作挺快的。」梁文森拿出紙袋內的文件端詳。吳常山一副勝券在握的笑意，期待他簽字。

梁文森讀完內容之後，卻是把文件收回紙袋並放置到一旁。這個舉動讓吳常山隨即收起笑容問道：「為什麼不簽？該不會又想追加條件？」

「沒有，只是——」梁文森望向他，眼底顯露一絲寒意低語：「身為海神百貨的副董事長，這樣明目張膽替陸廣集團辦事，不太合適吧？」

「有差嗎？反正陸廣之後就會拿下海神的經營權，我這叫超前部署。」

「你這樣對得起老董事長嗎？」梁文森看著這位長者肆無忌憚的笑意，神情變得嚴肅不已。

「哪裡對不起他？他還得感謝我，替他守住海神百貨，沒在那個敗家子手上毀掉。」

「喔——是嗎？」一陣熟悉的聲音打斷吳常山，他回頭一看，與剛推門而入的海翼對上眼，他的出現是吳常山料想不到的。

「你怎麼會在這裡？」

「我路過，順便看一場好戲。」海翼回頭對著跟在身後的男性喊道：「對吧，沈律師？」吳常山還在釐清狀況時，梁文森抽起被他冷落在旁的牛皮紙袋，來到海翼身邊順勢交給對方。

「謝了。」海翼收好紙袋，好整以暇看著臉色鐵青的吳常山：「謝謝吳副董提供給我這麼好的證據。」

吳常山終於意識到，從頭到尾都是個圈套，他急忙上前想搶回資料，但是一切已經來不及，他轉向梁文森惱羞成怒罵道：「梁文森，你這隻披著羊皮的狼！」

梁文森被他的指責氣笑，難以苟同地說道：「披著羊皮的狼是你才對。」

海翼這時與梁文森交換眼神，好整以暇地對這位亂了陣腳的長者宣布：「吳常山，我現在正式通知，你被開除了。喔，對了——有律師見證，接下來我們也會向你提告求償，好戲還在後面呢。」

吳常山被革職以及與陸廣密謀奪走海神經營權的事，很快就傳遍整個海神百貨，身負重任配合演戲的梁文森也終於能卸下面具，回歸真實的自己。

海翼與他在事情告一段落後，一同前往海揚靈前報告，以告慰他在天之靈。對海翼來說，海揚的離世是整個揭發計畫的意外，也讓他們必須加快腳步處置這件事。

「謝了，演了好長一段時間的不合戲碼，終於可以擺脫了。」海翼神色輕鬆，眼神卻帶著哀傷，沉浸在先前的回憶裡低語：「我在國外信用卡被停掉反而讓陸思琪露出馬腳，她看我沒利用價值就馬上甩開我，可是在這之前我無論怎麼解釋，我爸就是不信。幸好有你在，要查到吳常山跟陸廣有往來的證據，難度太高了。」

「幸好你對陸思琪沒任何感情，這段時間還得裝作一個廢人，為難你囉。」梁文森拍拍他的肩。若要論辛苦的程度，海翼並不亞於他。

「我也要謝謝你，要幫我查戴哲尼，還要幫我們找住的地方跟工作，感覺把你當助理使喚，怪不好意思的。」

海翼對梁文森並非外傳的不友善，反之他很感激有這個人。如果沒有梁文森幫忙，他很難想像現在海神百貨的下場是如何。

「好說，事情能解決比較重要。」

「Sam，謝謝你，你要什麼獎勵儘管說。」海翼給他一個大擁抱以表感激之意。

梁文森想了想說道：「我想要休假。」

「好啊，事情完全結束後，我給你一個長假。」

「我是想要真正的休假，你最近的表現遠超我的預期，我想你一定可以做得很好。」梁文森邊說邊拿出早已準備好的辭呈遞給海翼。

海翼接過，雖然感到失落卻沒有拒絕他的請求，因為他知道已經無法改變梁文森的想法。

「我明白了，接下來你有什麼打算？」海翼慎重地收好他的辭呈，輕聲問道。

「我會休息一陣子，然後把在海邊買的那棟房子整理好。」梁文森望著遠方，彷彿此刻已經回到那裡。

「如果你休息夠了，隨時都可以回來。」海翼當天就讓梁文森離開海神了。

突如其來的變動，接下來他還有得忙，而這些已經與梁文森無關了。

已經在盤算著接下來該如何規劃的梁文森，總覺得心裡還是缺了一塊。事情都解決了，但是林懷恩也離開他了。

這一切還有機會挽回嗎？他們還能回到最初的那般嗎？

梁文森滿頭的思緒還沒整理好，卻在返家開門的瞬間，聽見擺在家裡很久沒動過的電子琴傳出一陣旋律。

他先是一愣，馬上走近那處，果然看見熟悉的身影正在彈奏。

林懷恩專注演奏，也發現他的靠近，但是沒有因此停下，直到樂曲結束才罷手。

「新創作的？」梁文森輕聲問道。

林懷恩早就知道他的靠近，若有所思點頭說：「對，想你的時候、生你的氣的時候，我就會填進旋律，慢慢完成它。」

梁文森按捺不住伸手環抱住他，心情還有些混亂，他沒想到還能見到林懷恩。

「對不起——懷恩，這陣子真的……」

「該對不起的人是我啦……戴哲尼跟我說完整個過程後，我才知道真相。在這之前我對你很失望、懷疑你，我明明應該是最相信你的人才對——」林懷恩被他這麼一抱，愧疚的心情再也壓抑不了。

得知事實後，他花了很多時間去回想先前的種種。梁文森其實暗示了許多次，只是當時他只看到檯面上的狀況，並不曉得背後的真相，光想到自己曾對梁文森當面指責，他都替對方感到心疼了。

「我不想讓你捲進來，所以只能一直隱瞞，至少我現在還是能跟你證明，我並沒有背叛海神。」

「嗯……對不起，我還懷疑你跟東尼——」林懷恩靠著他的手臂愧疚低語，梁文森僅是將他抱得更緊。

「對了，這個……」林懷恩慢慢掙脫開的懷抱，從口袋裡拿出了精緻小巧的禮盒，眼角泛紅、露出幾分羞澀的笑意說：「這是賠罪的禮物——」

梁文森靜靜地看著他打開盒子盯得出神，盒子內有兩條項鍊，明顯是成對意思。

「你幫我戴吧。」梁文森望著項鍊輕聲說道。

「好。」林懷恩小心地替他戴上，不知為何竟感到有些緊張。

「你喜歡嗎？」林懷恩收回手，緊張問道。

梁文森摸摸項鍊既感慨又欣慰，失而復得的驚喜，已經讓他覺得之前經歷的磨難不算什麼了。

「好像被套牢了一樣，我很喜歡。」梁文森嗓音低沉又飽含深情，林懷恩見他滿足的笑意也跟著笑了。

梁文森盯著，猶豫一會兒才說：「對了，我辭職了。」

「咦？如果是因為我對董事長說的那些話的關係，你不要往心裡去的，不需要走的，我去幫你跟他們解釋——」

「跟這個無關。」梁文森按住他慌亂的手解釋：「海翼都知道，辭職的事跟這些無關，是我自己想走，我忙了很多年真的有點累了，加上董事長已經可以獨當一面，我想了想，可以為自己而活。」

「可是你走了，我怎麼辦……」林懷恩難掩寂寞，顯露出久違的孩子氣的一面。

「就算沒有我，你也做得很好啊，你從進來到現在進步超多的喔。」梁文森輕聲安撫，一副像是長輩對小孩說話的口吻。

林懷恩出神想著，明明交往好一段時間，還是被當小孩一樣看待，總覺得有些遺憾。

「那你接下來有什麼打算嗎？」林懷恩摸摸他的手又問。

「嗯，祕密，等弄好再帶你去看。」

「好啦——」林懷恩知道他是說到做到的人，所以不急於一時要得到答案。

梁文森就是喜歡他這點，與之相處會給予彼此很大的尊重空間，可想而知先前為了扳倒吳常山而隱瞞不能透露真相的時期，帶給林懷恩多大的折磨。

思及此梁文森又給了他一個擁抱，這次卻帶著不一樣的暗示。

「唔——」林懷恩毫無預警被抱住，頸間傳來熟悉觸感，回過神來就被梁文森帶往一旁的沙發躺下，還沒開口又被親吻，奪走說話的機會。

梁文森的親吻來得很猛烈，直到放開彼此，林懷恩看到他那雙被情慾覆蓋的眼神，隨即知道接下來會發生什麼事。

「可以嗎？」梁文森摸著他的臉龐輕聲問道。

「嗯。」林懷恩還是拋不開羞澀，閉上眼任由梁文森親吻、撫摸。雖然不是第一次，但是梁文森的攻勢比以往都還要強勢，轉眼間身上的衣物被褪盡。林懷恩隨著他的親吻，呼吸逐漸急促。

他閉著眼都能感覺梁文森正在親吻他的臉頰、頸間還有胸口，擁抱很溫暖、親吻很溫柔，今天之前林懷恩還不抱任何期望，今天卻能感受到對方的體溫。

「梁文森——」趁著理智尚存，林懷恩看著對方專注的臉輕聲呼喚他的名字。

「嗯？」梁文森摸摸他汗溼的臉心滿意足，原來被這麼充滿愛意地呼喊名字，可以讓人陶醉至此。

「我愛你。」

梁文森有短暫的空白，這大概是他此生最喜歡的三個字。他唯一能回應的方式，就是親吻還有身軀相貼緊緊擁抱了。

梁文森離開海神後，對林懷恩來說見面的時間並沒有減少，而且不久之後這個人所說的祕密，很快就揭曉答案。

梁文森在海邊有個精緻舒適的家，他帶著林懷恩在屋內走了一圈，細心解說，想在這裡開民宿、想在那裡弄成音樂餐廳，也想放架鋼琴讓他有空就能彈奏。

林懷恩很喜歡那裡，雖然還沒整修完畢，但是他可以想像未來的模樣。他想這就是梁文森心中理想的家，而這個人的未來藍圖裡，也有屬於他專屬的位置。

他也會是這個家的一分子，一想到這裡林懷恩突然覺得有點想哭。「家」這個詞對他來說太過模糊不清，遇上梁文森才明白是什麼樣子。

之後，梁文森就全心全意投入整修新家的事，因此有些事情就讓林懷恩代為處理或聯繫，例如幫忙搬家打包行李的事。

梁文森的租屋提前解約，又忙著監工裝潢新家，只能拜託他去處理。

「好多事要忙呢……還有工作要兼顧。」林懷恩很盡責替他整理，但是看到成堆的紙箱不免感到疲累，加上不是每天都能見到梁文森，他總覺得有些孤單。

「啊，這箱的東西都掉出來了……」林懷恩看著其中一個紙箱旁散落一地的東西，連忙撿起，定神一看越看越熟悉。

「這個是我寫的感謝卡跟隨身碟，為什麼梁文森會有這些東西？」林懷恩看著被仔細收好的兩樣物品陷入疑惑。

「不會吧——」林懷恩想了想，拿起手機按下撥號鍵。聽見接起的回應聲，他迫不及待開口問道：「劉院長，我是懷恩，久不見，我想跟你確認一件事，關於我的資助人，請問方便嗎？」

這通電話並不久，但是劉院長提供的訊息足以讓他震撼許久不能自已。

而遠在新家忙碌的梁文森，倒是很愜意。雖然搬家是一件大工程，但是有林懷恩幫他處理臺北需要收尾的部分，讓他備感安心。

不過，他偶爾分心想著，接下來有段時間，無法天天與林懷恩見面實在可惜。

「還是把他拐來當民宿的服務生？」裝潢告一段落，正在休息的梁文森，看著眼前的一片海洋陷入沉思。

「不行、不行，以懷恩的個性他會答應，但是他想留在海神工作會比較好，畢竟還年輕，還有很多大好的機會。」梁文森很快又打消念頭，雖然他總忍不住想像跟那孩子在這裡一起生活的美好樣子。

「梁文森——」

「我有這麼想他嗎？居然產生幻聽了……」梁文森一愣，自嘲地搖搖頭。

「梁文森——」直到林懷恩的聲音逼近，他轉頭看見那人正朝自己跑來，這才確定不是自己誤會。

「咦？你怎麼來了？」梁文森看著林懷恩來到自己面前，按捺不住喜悅伸手抱住他問道：「為什麼不先跟我說一下？你今天應該要上班吧？」

「上班的事不重要，我、我一定得來一趟。」林懷恩氣喘吁吁喊道。

「發生什麼事了嗎？」梁文森看著那張略帶緊張的神情，感到擔心。

「我知道了！我都知道了！」林懷恩抓著他的手大喊。

「知道什麼啊？」

「資助我學琴唸書的人，我剛到育幼院的時候，在樹洞旁對我鼓勵的大哥哥，都是你，對不對？你為什麼都不跟我說？」林懷恩控制不住自己激動的心情，當他一聽到梁文森的聲音，眼淚就止不住了。雖然兒時的記憶已有些模糊，但他仍然記得那個戴著帽子，比他高大許多的大哥哥離去時的身影。

可是，他從沒想過就是梁文森。

「因為我希望我們的感情是純粹的喜歡，而不是因為想回報或感激，才喜歡我。」梁文森緊盯著他，更好奇的是林懷恩到底怎麼得知這件事，不過現在暫時不需要急著知道。

「我當然喜歡你啊！」

梁文森聽到他這麼純粹的告白，心裡好像有股暖流竄過，輕輕地握住他的手說道：「所以，我是不是資助人一點也不重要，重要的是我們的心有沒有在一起，就算分隔兩地也不會影響。」

「可是我想跟你在一起，所以我已經提出辭呈了。」

「嗯？這樣好嗎？進海神工作不是你的夢想？」

「不是，你才是我的夢想。」

梁文森忍不住笑出聲，他覺得林懷恩有點傻，傻得讓他無法放手。

「好吧，正好我的民宿缺人，而且是永久的位置，就留給你吧。」

「好。」林懷恩回握他的手，力道不禁加重許多，情緒也比剛才平緩許多。他靠在對方的胸前低語：「我想在這裡跟你一起建造我們的家……」

「嗯，是我們的家。」梁文森聽聞忍不住在他的臉上落下親吻，心裡缺失的那一塊正慢慢被填滿。

海神的董事長之位解決之後，林懷恩離職了。

戴哲尼看著已經清空的辦公位置，總覺得有點寂寞。因為海神董事長之爭圓滿落幕，梁文森離職後不久，林懷恩也跟隨對方的腳步離開了。

戴哲尼有點羨慕他們，可以為了彼此拋棄一切而相守。

相較之下自己有著難以放心不下的人，在遙遠之處等著，所以他明白自己不能陪伴海翼太久。

儘管他始終不敢想像再也見不到海翼的話，自己會有多想念對方。

吳常山的事情解決後，海翼更忙了，他們相聚的時間大幅減少。

自從戴哲尼知道真相之後，更明白海翼肩負的重任有多大，不是他這種平凡人所能想像，不可能放棄一切與他回到過去。

所以戴哲尼決定，想把兩人的關係拉遠一點，然後逐漸淡掉。

不過，海翼並不是這麼想。雖然守住海神百貨之後，他要忙的事情變多了。得親上火線對外說明吳常山被革職的事，為了提升業績所執行的兩大活動企劃，需要的曝光度也必須時時關注。所幸一切很順利，唯一不順利的就是跟戴哲尼聚少離多。

當他正煩惱該如何解決時，姑姑海音私下找他想聊聊。

「姑姑，有什麼事嗎？」

「我只是想過來提醒你，要好好把握一下戴哲尼，可以的話你們能好好在一起，其實我不反對。」

海翼瞬間有些反應不過來，訝異低語：「我以為妳會反對……」

海音翻了個白眼說道：「我又不是那種老古板，而且那個孩子挺不錯的。他對你很真心，還要我幫你安排相親，雖然徹底搞砸了。」

海翼想起當時惹出的風波，不禁皺眉說：「我就知道有問題，看你們一搭一唱的……戴哲尼在搞什麼啊？突然要我跟別人相親？」

海音嘆了口氣才說：「所以我才要你好好把握，你知道他怎麼說嗎？」

「他說了什麼？」

「他說，他有一些原因不知道什麼時候會離開你，但是又怕他離開後，你會很孤單，所以才要我幫忙。」

海翼得知真相，臉色不太好，喃喃著：「就說別想這些有的沒的……我知道了，謝謝姑姑，我會注意。」

海翼得知部分事實後，對照戴哲尼這一陣子有些反常的行為，他唯一能想到的就是多給這個人安全感。

「多抽出點時間陪陪他，說不定就可以改善……」海翼想了想，拿起手機開始查最近的院線電影資訊。

戴哲尼只要想到可以跟海翼一起看電影逛街約會，心裡相當開心。可是，隨著與張九真密切往來，得知自己可以回到過去的機率越來越高，他又陷入掙扎。

戴哲尼決定保持距離與海翼慢慢疏遠，而此舉過於明顯，還是招來海翼質疑。

「我難得排開所有時間一起約會，你不開心嗎？」海翼等不到期望中的笑容，不太開心。

「啊，我很開心啊。」與他並肩而行的戴哲尼很捧場地勾起一抹笑，卻惹來海翼更不開心了。

「別以為我看不出你這種皮笑肉不笑的樣子。是不是發生什麼事了？」海翼盯著他的目光彷彿看透一切，戴哲尼感到一絲心虛。

「沒有啦！我只是沒睡飽，走吧，電影快開場了。」戴哲尼努力裝作氣氛活絡的樣子，海翼雖然仍沒消除質疑，姑且相信他的說詞。

可是，接下來海翼實在無法忽視，因為戴哲尼迴避他所有想親暱接觸的行為。看電影偷偷牽個手不為過吧？互相依偎也行吧？

戴哲尼卻通通拒絕還嫌他吵，這讓海翼心情欠佳，又礙於公眾場合不好發作，只好忍耐下來。

電影散場返家後，已經瀕臨發怒邊緣的海翼，看著戴哲尼拿著手機專注回訊息，就感到一陣氣悶。這一路上都是如此，海翼想聊個幾句都被敷衍了事。

而且這陣子戴哲尼好像結交了新朋友，閒暇時間就是在回訊息，一旦被問起就會眼神閃爍、顧左右言他。

對此海翼很難不介意，加上剛才頻頻被拒絕的舉動，終於按捺不住問道：「你到底怎麼了？為什麼對我這麼冷淡？一直在滑手機，到底在跟誰說話？」

「我才沒有。」戴哲尼馬上否認，海翼覺得可疑伸手就想搶走手機，他一急將手機藏到身後。

「你是不是背著我跟別人亂來？」海翼見過這種情景，雖然他不願這麼猜想，但……

「沒有這回事。」戴哲尼搖頭否認，此舉只是加深海翼的疑惑。

「不然呢？你明明有事瞞著我，我還看不出來嗎？」海翼不打算放過他，尤其戴哲尼把心事都寫在臉上，欲言又止的態度更令他心煩意亂。

戴哲尼的反應更猶豫，他很清楚海翼現在雖然說話不客氣，實則是出自擔心的關係。越是清楚對方的心意，距離應該要拉得更遠些，畢竟海翼有重要的責任，相較之下與他交往的事，就顯得微不足道了。

「我只是覺得……我配不上你，我們根本是不同世界的人。」戴哲尼說罷，下意識別過臉。

海翼一臉不敢置信地問道：「所以你這一陣子就是在煩惱這種事？我一點也不在乎配不配的問題，我不管這個世界多大，我只要你。」

「不夠——其實我很沒安全感，我不太想要這種關係，我們差距真的很大……」

「所以你希望我反而像個廢人，什麼都不做嗎？我這麼努力，其實將來想給你更多的安全感，身分根本就不是問題。」海翼很想敲醒戴哲尼，他以為經歷那些事情後，身分、地位絕不會成為他們的阻礙，戴哲尼今天的回應讓他太錯愕了。

「將來……」戴哲尼神色不安地盯著他，這兩個字觸動他心深處的恐懼問道：「如果我等不到呢？」

「你到底怎麼了？」海翼沒看過他這麼惶惶不安的樣子，以往那個充滿自信、活力的戴哲尼去哪了？

「我——」戴哲尼突然往前抱住對方，他感覺到時間開始倒數的迫切。儘管海翼心中的未來有他，可是他認為分開是必然的結果。

「嗯？怎麼了嗎？」海翼正等著他說完，戴哲尼不安的情緒令海翼無法忽略暗自想著，是不是給予更多的回應就能消除？

「我不想等了——」戴哲尼有許多話想說，但是又怕被對方察覺自己的打算，抱著即將離別的心情說出口時，全成為熾熱愛意，他甚至迫不及待貼近海翼，主動給予親吻。

對海翼來說，這是很罕見的行為。戴哲尼在親密的行為上意外保守，他們現在甚至沒能跨出更進一步，而現在海翼只感覺到對方很不安，好像深怕隨時會失去一切地緊緊攀住他。

海翼溫柔地回應他，邊想著是不是抱緊一點，多吻幾下、多點時間相處就能讓戴哲尼安心下來呢？

「海翼……」戴哲尼這聲帶著懇求與撒嬌的呢喃，讓海翼僅存的理智線崩斷。先前原本考量要等戴哲尼做好心理準備再發展下一步，現在他也不想再等了。

「我們回房間。」海翼一把將他抱起走往臥房，戴哲尼抓住他的衣領，感受到自己被放在床上的瞬間，緊抓著海翼再次獻上親吻。

就怕失去這一切，急躁、毫無章法的親吻，海翼都覺得嘴唇被咬得有點痛，可是他並不抗拒。

戴哲尼邊吻邊解開海翼的上衣釦子，手指碰觸到身軀時，真實的體溫與觸感讓他眷戀不已。

戴哲尼感受海翼回應的親吻力道，心想如果離開了，這一切只能在回憶裡了吧？他看著海翼結實、好看的身材有些痴迷，這麼優秀的人居然是他的男友。

戴哲尼想擁有更多，開始順著海翼的身體曲線往下親吻。

「唔——」海翼的呼吸變得紊亂，戴哲尼不停歇的親吻像是在他身上到處點火。海翼忘情地將他壓在身下，跟著開始動手扯開戴哲尼身上的衣物，轉眼間他們赤身裸體，卻沒有上回的羞澀，彼此都想感受對方而不斷你來我往地愛撫。

海翼的身上被戴哲尼烙下不少吻痕，戴哲尼的身上也同樣如此。在兩人同時鬆手的空檔，海翼看著他陷入情慾而迷茫的眼神感到心動。

「你這樣真可愛……」海翼很想多看幾眼，親吻與撫摸不曾緩下。

「才不可愛咧……」戴哲尼聽見他沉醉的低語，一陣臉紅，這讓海翼更愛不釋手。

「這樣更可愛了喔——」海翼勾著他的下顎，輕輕貼住他的嘴唇親吻。這次是由淺至深，戴哲尼成了被動的一方，海翼愛撫他的身軀，讓他意識一片空白。

接下來，他記得的已經不多了，但是他很享受這般被愛的感覺。

這一夜，戴哲尼不禁回憶打從穿越過來後的種種。如果沒有與海翼相遇，他現在會過著什麼樣的日子呢？

可是，他又矛盾地想，如果沒有穿越，就不會與海翼相識相愛，二十二年前的跨年夜是命運的安排，海翼掛念他這麼長久的時間，是無法用任何事物或金錢換取到的。

他很高興也很幸福能與海翼相遇，可是他有自己放不下的事。

對不起，海翼——

戴哲尼忍著悲傷，回應海翼的每一個親吻，努力記住這個人的每一個表情，也有更多的歉意埋藏在心裡，不敢讓對方知曉。

◎

「我有你阿嬤的消息了，下午兩點就來我的工作室一趟。」

戴哲尼收到消息後，在約定的時間立刻與張九真見面。為了不讓海翼起疑，用自己身體不太舒服想休息的理由支開對方。

經過一夜，他們的關係看似有極大的進展，海翼並沒有多問就放他休息了。

戴哲尼與張九真短暫的見面期間，得知不少關於阿嬤的狀況，也讓他加深必須快點回去才行。

「你阿嬤的狀況不太好——因為太思念你，嗯……還有長期勞累的關係。」

「狀況不好……可以說清楚嗎？」

戴哲尼聽聞非常擔心，張九真一臉為難地看著他回道：「天機不可洩漏，我不能說太多，等你回去就能知道了。」

「這樣的話，我到底什麼時候可以回去？」

張九真慎重地閉上眼，做出掐指的手勢喃喃自語，一會兒之後突然睜眼說道：「按照何柏緯的八字，今晚九點是最佳的時機，你千萬要準時到，我在這裡等你，而且不收費！渡你是我的功課。」

「張仙人你真是大好人，我知道了，我一定準時到。」戴哲尼點點頭，心裡感到期待又有那麼一點哀傷，他與海翼分開的時刻居然這麼快到來。

回去之前，這短暫的時間裡，戴哲尼開始做準備，他並不想兩手空空回去，他小心地收好想帶回那個時空的物品，手機、衣物、雜誌。

「啊……很想跟海翼道別，但是……被他知道一定會被阻止，我不能就這樣突然離開，至少要留點話讓他們安心。」戴哲尼思忖一會兒之後，點開魏瑟茉的帳號。

直到訊息送出去，距離約定的時間只剩一個小時不到。

戴哲尼看著手腕上的手鍊，想起昨晚與他溫柔相擁的人，心裡湧起一陣歉意。

「海翼，對不起——穿越時空與你相遇是我最幸福的事，但是，我真的不能放阿嬤不管。我會永遠愛你，如果有來生，希望在同個時空再與你相遇了。」戴哲尼輕輕撫摸手鍊，眼淚不禁落了下來。

就算再怎麼捨不得，與張九真約定的碰面時間仍然到來。

「我還以為你不來了！」張九真直到時間逼近才看到戴哲尼出現。

「抱歉啦！我想帶回去的行李太多，所以花了點時間。」戴哲尼拖著箱子出現，一臉歉意說道。

張九真看著那只大箱子欲言又止，眼見指定的時間快到，連忙催促：「你快坐在這個圈圈內，行李的話……就先放旁邊吧！」

「咦？這樣，行李可以一起收到嗎？」戴哲尼慢慢走向他指定的位置，看著周圍被蠟燭圍成一圈感到好奇。

「可以、可以，到時候會一起送到。」張九真帶著親切的笑容說道。這些東西他可不能讓這傢伙帶走，萬一破壞既定的歷史發展可就麻煩，幸好戴哲尼現在滿心想回去的念頭，並沒有起疑。

「好囉！要開始了。」張九真坐在對面，戴哲尼看著他開始做出許多手勢，同時自己周圍的蠟燭突然冒出更大的火光，這才有了自己真的能回去的真實感。

戴哲尼看著他不斷變換的手勢以及一連串奇怪的咒語發愣，隨著張九真的語速越來越快，他突然感覺到一陣虛浮，低頭一看才發現自己竟然飄在半空中。

戴哲尼到這一刻終於有了可以回家的真實感，可是內心卻壓抑不了這段時間以來與海翼的種種回憶。

從不打不相識到變成情侶，現在已經到了別離時刻，他深刻明白自己真的很愛海翼。一想到再也見不到這個人時，他還是忍不住哭了。

此時，一陣熱源包圍住他，四周出現他當初穿越而來的熟悉景象。

「就是這個……我那時候，也是看到這種像是隧道的樣子。」戴哲尼眼角掛著眼淚，看著自己就快沒入那個奇特的空間。

一陣混亂的碰撞與腳步聲徹底打斷他的思緒，張九真甚至因此突然安靜下來。

「戴哲尼，別走——別走！」海翼用力撞開門，帶著氣喘吁吁、滿頭大汗的樣子喊道。

張九真對於他的出現感到意外，一臉懊惱地低咒一聲：「差點就快成功了！真的是天意嗎？非要把你留下來？」

戴哲尼還沒能從思緒裡抽回，他錯愕地看著海翼。

海翼因為剛才盡全力奔跑過來的關係，看見戴哲尼還在，一時鬆懈差點站不穩。

他不敢想像如果再晚一步是什麼後果。

要不是魏瑟茉警覺，發現戴哲尼傳給她的訊息很古怪，他才得知戴哲尼這陣子老是心事重重，總是拿著手機傳訊息的對象，就是這個叫張九真，自稱通靈大師的傢伙。他很感謝魏瑟茉在最後一刻告訴自己所有的真相，包括戴哲尼一直掛念著金花阿嬤的事，這也是戴哲尼想狠下心離開他的關鍵原因。

既然如此，那就別怪他太殘忍了。

「戴哲尼，就算你回去也沒用，你阿嬤早在二〇〇〇年就過世了。」海翼說罷就看見戴哲尼震驚與哀傷交錯的眼神，他於心不忍，別過臉試圖讓自己更鎮定些。

「你……怎麼會知道這件事？」戴哲尼不敢置信，當他望向張九真想確認時，卻看見對方也轉過頭一臉心虛，加上之前張九真提到金花就語焉不詳的態度，他不得不信。

「我是用何柏緯的名字查到的，有基本資料，要找到這些一點都不難，所以——就算你現在回去，你也遇不到你阿嬤了。」

戴哲尼聽聞好像被狠狠打了一拳，海翼上前想安慰，卻被他一手揮開。

「阿嬤不在了……不在了……她死了？那我怎麼辦……」戴哲尼思緒混亂，心裡某一個地方好似崩塌，無法承受兩人的同情目光，一把撞開所有人跑離現場。

海翼一下子沒能抓住他，回過神才急忙追出去。

落單的張九真一臉懊惱拍額喊道：「這下我今年的考績真的完蛋了——啊……這兩個人註定得在一起嗎？」

「戴哲尼，你先冷靜下來，好嗎？」海翼緊跟在後，戴哲尼並不理會還加快步伐，讓海翼追得很辛苦，尤其剛才為了找到戴哲尼，車子突然半路拋錨，讓他奔跑好一段路，現在體力有些透支。

幸好，戴哲尼因為悲傷速度漸漸變慢，他才得以追上。

「你不要管我！」戴哲尼想甩開被箝制的手，卻被海翼反手拉回並緊緊抱住。

戴哲尼一碰到熟悉的體溫與氣息，情緒徹底潰堤，靠在海翼的肩膀哭泣。

「我怎麼可能不管你……」海翼見不得他哭得這麼傷心，輕聲安慰。

同樣失去過至親的他，可以理解戴哲尼現在心裡有多痛，這也是他一直猶豫不願說出真相的原因。

「我沒有阿嬤了……我沒有親人了……」

海翼摸摸他滿是眼淚的臉龐低語：「你還有我啊——」

戴哲尼望著他像個孩子仍舊不停哭泣，讓海翼更心疼了。

「你聽我說，我也失去了重要的親人，可是我們相遇了，而且我還是等了二十二年才與你重逢，你留下來讓我陪伴你、照顧你，好不好？」海翼緊緊抱著他，真誠又充滿愛意的低語終於讓戴哲尼情緒平復下來。

海翼感受靠在懷中的人無聲地點頭，他這才安下心，並在戴哲尼的唇上輕輕落下一吻。

「我只要一想到阿嬤過世前一定很想我，我卻無法陪在她身邊，我就好難受……」

戴哲尼窩在他的肩上悶聲說道。

「我知道，我經歷過……我知道……」海翼輕拍他的背，目光柔和地望著遠方。

雖然彼此都失去了最重要的人，但是正因為如此，他們才會相遇、相戀。

「對了，天亮之後，我帶你去看看金花阿嬤現在待的地方。」海翼輕輕放開他，低聲說道。

「你連這個都處理了？」

「對，抱歉我現在才跟你說這件事。」海翼有些愧疚，戴哲尼並沒有怪罪他。只是眼淚仍舊停不下來。

隔天，海翼立刻驅車帶他前往何李金花長眠之地，是個環境清幽的地方。海翼熟門熟路地帶著他走進裡頭，直到一個寫著何李金花的塔位前停下，戴哲尼一看到眼前的光景，早已蓄在眼眶的淚水驀地落下。

雖然已經做好心理準備，但是真的看見的那一瞬間，還是壓抑不住悲傷。

「阿嬤，對不起……我不能陪伴妳……而且現在才來看妳……」

「你放心，我把阿嬤遷過來這裡後，都會定期來跟她報告你的事，我相信她在天上過得很好。」

他們倆就這樣靜靜地看著，戴哲尼突然一陣心動，抓住海翼的手說道：「阿嬤，我跟妳說他叫海翼，我現在跟他在一起了，妳不用擔心。」

海翼不禁露出淺淺笑意，接著說：「阿嬤，我對戴哲尼——不對，是何柏緯，反正都是他，我會照顧他、陪伴他、守護他，妳儘管放心。」

就在他們沉浸在幸福與感傷交雜的情緒裡，不遠處有兩道模糊的身影將一切全看在眼裡。其中一人看著海翼的神情相當複雜，又愛又恨又無奈，他身旁則站著一名年邁的女性。

「阿嬤，有看到了吧？妳孫子現在過得很好。」福德哥對著一旁的金花阿嬤說道。

「小緯旁邊那個男的我知道，他很常來拜我、很有心，所以他們結拜成兄弟了嗎？」金花阿嬤看得很仔細，但是總覺得哪裡不一樣，看到自己孫子轉身跟海翼接吻還嚇得伸手擋住雙眼。

「不可以啦！唉唷，怎麼突然就親下去了啦！」

「沒事啦！現在時代不一樣了，等等我再跟妳解釋。」

福德哥知道老人家還不太懂，特別貼心解釋，趁著空檔不禁往後看了一眼。他的身後不遠處還有另一個人，目光緊緊跟在海翼身上。

「看來你一眼就懂，就不用我花時間解釋了。」福德哥輕輕勾起笑說道。

那個人沒有說話，僅是用著溫暖慈愛的目光輕輕點頭，藉以回應福德哥。

「對了，接下來有個專案企劃要進行，是文森跟懷恩送來的。」返家的路上，海翼突然說道。

「唉——你這老闆怎麼當的啊？這兩個都離職去做自己想做的事了！你還要他們

交企劃？太壓榨了吧？」

面對戴哲尼的怪叫與指責，海翼一臉無辜說道：「是他們拜託我幫忙，是求婚驚喜企劃，要借用百貨公司的頂樓當場地。」

「喔？求婚，這個有趣。」戴哲尼眼睛一亮，他最喜歡熱鬧的場面了！

「對啊，而且得保密，你別說出去。」

「這樣的話，可以找那個婚顧公司的總監來幫忙？我沒記錯的話，叫葉幸司？」

戴哲尼說著的同時，腦袋已經在想像會是如何的情景。

「想求婚的人就是他男友，所以千萬、千萬、千萬不能找他幫忙。」

「喔——好。」戴哲尼乖巧點頭，還對海翼比了在嘴上拉拉鍊的手勢。

「很好。」海翼滿意地點點頭。

戴哲尼壓抑不住工作的本能，腦中已經在規劃如何執行。

求婚啊——場景一定很感人吧。

戴哲尼邊想邊忍不住偷看身旁的海翼一眼，突然想起自己在跨年那晚沒有說出口的第三個願望。

原來，願望已經實現了。

完結

番外篇一　安全感

最近，海翼比較不受童年時期走失的惡夢糾纏了。

取而代之的，卻是戴哲尼向他道別說要回去二〇〇〇年的惡夢。雖然那天他們已經把話說開，那個可疑的張九真也消失無蹤，戴哲尼也不再提起回去的事情，很努力適應現在的生活。

一切應該就此恢復平靜，彼此陪伴、好好生活才對，雖然不會像是童話故事的結局，但是起碼日子談得上是幸福。

可是，海翼總忍不住想，如果他再晚一點，是不是永遠見不到戴哲尼？

他想得多了，無意間也成惡夢的原由。

這一夜，他再次被同樣的惡夢侵擾，他在夢裡奮力掙扎才驚醒過來，全身冒著冷汗驚魂未定。

「怎麼又做惡夢了……」海翼喘了口氣，翻過身想抱住某人汲取溫暖，卻沒想到撲空，讓他慌忙起身看著身旁空蕩蕩的床位。

「這傢伙去哪了？」海翼摸著失了溫度的位置睡意全失，連忙下床找人。

他滿腦子都是剛才戴哲尼笑著跟他道別的可怕畫面，衝出臥房看到人安安穩穩地坐在沙發上盯著電視，這才安下心來。

海翼看了一眼時間，不解地靠近他問道：「半夜兩點，你不睡覺在幹麼？」

「嗯？你怎麼醒了？」戴哲尼慢慢將視線移到他身上困惑反問。

「我……」海翼停頓一下，想起剛才的夢，臉色不是很好又不想讓對方察覺，別過臉含糊說道：「我口渴想起來喝水。」

「喔……」戴哲尼沒有多想，看著他走到廚房替自己倒了杯水後，慢慢來到自己身邊坐下安靜喝水。

兩人有好幾秒沒有交談，戴哲尼發現他眼神游移，一下子就察覺出端倪。

「你怎麼啦？」戴哲尼按下暫停鍵問道，相處久了就知道，海翼這模樣就是有事的反應。

「沒事。」海翼又喝了一口水，索性往他肩上倒。

嗯，肯定有事，然後又不講——戴哲尼看了他一眼暗自想著，也沒打算推開他，決定不深究，按下播放鍵繼續看下去。

海翼這才發現戴哲尼在看一部十年前的電影，這也是他最近常做的事，一有空檔就在看十幾年前的戲劇。

「你是不是很喜歡看電影？」海翼揉著眼，語氣有濃濃的倦意。

「還好啊——沒有特別喜歡。」

「是喔？我還以為你很愛看，不然怎麼會這時間不睡覺？害我以為你亂跑。」海翼這番話頗有埋怨的意思，對於自己揮之不去的惡夢仍無法緩解。

「我只是想抽時間把這二十年的東西補齊，不然有時候你們說的事情我跟不上，有點困擾。」戴哲尼說完後打了個哈欠，顯然也睏了。

「你不懂的地方可以問我啊。」海翼蹭著他的肩膀，邊說還邊偷親他的脖子。

「都是些小事，你工作那麼忙，問你太大材小用，我自己查就可以了。」戴哲尼說完又打了個哈欠，兩人接著又好一段時間沒有交談，戴哲尼發現海翼的情緒比剛才好許多了。電影還剩下五分鐘就快結束，戴哲尼心想看完就去睡，身旁的海翼卻還是沒有想回去睡覺的意思，這讓他很介意。

「你不回去睡覺怎麼跟我看起電影來？明天早上有重要的會要開欸——」

「等你看完一起睡，這部我很久以前看過，可是忘記結局了。」海翼盯著手機螢幕，其實不怎麼專心。

「你睡覺休息比較重要，想知道結局，我明天可以跟你說。」戴哲尼想催他快回房睡覺，卻被對方反過來伸手環住不放。

「反正我現在也睡不太著，等你一起睡。」海翼悶聲說道。

戴哲尼別無他法，只好任由他抱住。此時電影已經進入大結局的片段，是個皆大歡喜的場面。相較於畫面裡熱絡的氣氛，他們的安靜形成很大的反差。

「你到底怎麼了啊？是不是煩惱工作的事？」戴哲尼看準他情緒鬆懈許多，趁勢問道。

「不是工作，反正就那樣……」海翼說完後下意識將他摟得更緊，感受到對方的體溫與氣息才低聲回應：「做了不太好的夢，所以睡不太著。」

「啊，小時候走失的那個夢？」戴哲尼伸手摸摸他的頭以示安撫。

「我最近不做那個夢了……」

「不然呢？是什麼內容？」

「夢到你跟我說拜拜，然後就消失了。」海翼說完後，又加大擁抱的力道，讓戴哲尼覺得有那麼一點難受，但是並沒有拒絕他。

「所以你才睡不著？」

「嗯。」海翼點點頭，又在他的脖子、臉頰親吻好幾下，才帶著幾分抱怨的口吻說：「結果醒來發現你不在，把我嚇出一身冷汗，以為你真的走了，回去屬於你的時代。」

戴哲尼聽到這番孩子氣的埋怨，忍不住悶笑出聲，海翼則鬱悶低語：「還笑，這對我來說是很可怕的陰影欸。」

「那，你看到我有安心一點吧？」戴哲尼試圖收斂一些，但是嘴角仍舊溢出幾聲悶笑。

「有啦，看到你好好地坐在這裡看電影，我就放心了。」

「那就好。」

「我真的怕你又跑了，大概是因為這樣，才老是做這種惡夢。」

戴哲尼悄悄握住他的手輕聲說：「我也沒機會回去了，你就別擔心了。」

海翼看著被握住的手，想了想問道：「如果現在又有機會可以讓你回去，你會怎麼打算？」

「吼——你怎麼問這種致命題啊？」戴哲尼苦笑了一聲，將他的手握得更緊。

「我想知道你的答案。」

「我會留下來，原來的時空已經沒有我回去的理由，而且我很難想像只有我一個人的生活會有多孤獨。」戴哲尼皺眉想了想，覺得那個情景太恐怖，又打了個冷顫。

「嗯。」海翼很滿意他的回答，蹭蹭他的肩膀與脖子。

此時，電影的片尾曲響起，螢幕上緩緩跑出工作人員名單。

「好啦，是完美大結局。」戴哲尼一邊伸懶腰一邊關掉電視，轉頭看著海翼笑道：「回房間睡覺吧。」

「好。」海翼跟著他回房，雙雙躺回自己的位置，戴哲尼很快就入睡了。

海翼則因為剛才驚醒，現在得重新醞釀睡意，但是他的情緒已經平緩許多。戴哲尼剛才的回答，無疑是給了他最大的支撐。

他想，過了這一夜惡夢，應該就會遠去了。

海翼就這樣聽著對方的呼吸聲、睡意漸漸湧上，牽著對方的手滿足地入睡了。

番外篇二　距離感

林懷恩覺得可以商量的對象只有戴哲尼了。

「所以……你說有什麼問題？」戴哲尼趁著工作空檔回電給林懷恩，因為對方的訊息只提了遇到很煩惱的事就沒有下落，只好直接撥給對方。

「喔……就是，要怎樣才能改善文森對我的態度。」林懷恩婉轉問道，音量很小聲，顯然不想被當事人聽到。

「改善態度？你們吵架喔？」戴哲尼輕輕皺眉感到擔憂，以他的瞭解，這兩人會吵架肯定是大事。

「沒有，我們很好，不是吵架。」林懷恩連忙否認，但是支支吾吾的口吻讓戴哲尼很困惑。

「不是吵架的話，你問我這個問題……是什麼意思？」

「就……就……你覺得，要怎麼做才能讓他不把我當小孩子看待？」林懷恩好不容易說出口，扛不住整個人快被害羞感淹沒，找了個可以遮掩的角落躲避。

他該慶幸梁文森正忙著其他事情無暇顧及。他才不想被看到這一幕。

「啊？怎麼個把你當小孩子看？我只知道你們年紀的確差滿多，但……不至於這麼誇張吧？」

「某些時候很誇張，我甚至覺得有點過頭，不像是男友比較像是長輩……」

「又沒差，一個男友兩種感受欸，而且聽起來還不用到改善的程度吧？」戴哲尼還是不覺得有什麼問題，只覺得林懷恩這個煩惱比較像是在放閃。不過以他對林懷恩的瞭解，絕對沒意識這一層。

「可是、可是我希望可以稍微、稍微改善一下，拉進一下我跟文森的距離，還有就是讓他減少把我當小孩子看待的心態，你知道他對外都叫我小朋友欸！我都成年多久了！」林懷恩說到此處，又是一陣面紅耳赤。

戴哲尼此時卻是給了長達數秒的沉默，該怎麼說呢……他覺得林懷恩這個煩惱，完全就是在告訴大家，梁文森有多愛他。

這種煩惱還真幸福……戴哲尼不禁這麼想著。

「戴哲尼，你有沒有什麼建議？我好困擾。」林懷恩認真煩惱著，甚至還發出哀嗚。

戴哲尼知道他真的很困擾，還是給予一個建議，雖然——他不確定這到底算不算建議。

「既然你覺得他把你當小孩子看，那就想辦法打破這個想法，說不定隔閡就會消失啊。小孩總有叛逆期的時候吧?你試試看讓自己叛逆一點？」

戴哲尼因為還有工作，這通電話並沒有講太久。林懷恩接收到這個建議後，握著手機，足足沉思了三分鐘。

「叛逆期？好像有點道理，又好像哪裡不對……」林懷恩還在想辦法理解時，梁文森已經忙完工作，朝他走來。

「懷恩，明天有兩組客人需要我去車站接，這段空檔你注意一下。另外有一個客人不吃牛肉，所以他的餐點要特別注意一下。」梁文森握著手機，向他快速交代完工作，林懷恩甚至還沒能回應，他又轉身接起另一通來電。

因為梁文森真的太忙了，林懷恩一下子就忘了剛才與戴哲尼傾訴的煩惱，隨即投入工作。民宿的雜務不少，加上處處都得注意，兩人這一忙直到晚上就寢前，才有機會喘口氣。

這時，林懷恩又想起戴哲尼提到的叛逆期，但要怎麼做才好呢？

這個問題讓林懷恩想了又想，直到梳洗就寢時，還是沒能想到辦法。

梁文森則在他已經昏昏欲睡的狀態時，才忙完所有的工作，梳洗完畢，身上還帶著淡淡沐浴乳的香味入睡。

林懷恩被身旁的動靜吵醒，還沒睜眼就感覺額頭被親了好幾下。

「抱歉，吵醒你了？」梁文森親完後低聲問道。

「沒有……我半夢半醒……」林懷恩含糊回著，睡意讓他的意識一直不上不下，心中的煩惱還沒有個答案，搞得他很難入睡。

梁文森很快就察覺他睡得不是很安穩，摟住他輕聲說：「不早了，你得早點睡，起碼要起來吃早餐。我能處理的部分我會先弄，下午才會比較忙，所以早上你可以多休息一下。」梁文森還是忍不住叮嚀好幾件事，從民宿的工作到他生活的瑣事，每一件事都細細說了一次。

林懷恩心想，就是這種情況，處處都會忍不住像個家長似的，一步一步地跟他說。

「文森……」林懷恩揪著被子，有些委屈喊道。

「嗯？」梁文森停下，掛著鼓勵般的微笑等著他回答。

「不要把我當小孩子……我可以做得很好。」

梁文森眨眨眼，有些無辜地說：「我沒有把你當小孩啊，只是有些時候我會擔心。」

「就是這個『有些時候』啦！」林懷恩抱住他，窩在他的胸前悶聲說著。

「這就是你今天整天看到我就愁眉苦臉的原因？」梁文森拍拍他的背問道。

「咦？你怎麼知道？」林懷恩挺起身軀，一臉詫異。

「你有心事全寫在臉上，我可是等了你一整天，等你什麼時候才願意跟我說呢。」

梁文森摸摸他的頭感嘆：「所以，你今天都在煩惱這件事？我以為我已經很尊重你了。」

「哪有，你三不五時還是會一直叮嚀。就像剛剛啊，恨不得把全部的事情都拿過去自己做。」

「原來是這樣啊……好吧，我會注意。」梁文森不反駁，既然林懷恩會這麼認為，那就是自己的心態要調整。他更欣慰的是林懷恩經歷過磨練之後，變得很願意勇於表達。

這是梁文森越來越喜歡林懷恩的原因之一，相處起來就像躺在舒服的雲朵上，讓他很著迷。

「嗯……就是這樣……所以，別再把我當小孩子了，雖然我們年紀差距一些是事實啦。」

「好，那……你也答應我一件事，以後對我有任何煩惱或不滿，直接跟我說吧，不要再透過第三個人，人家戴哲尼那邊也很多工作要忙。」

林懷恩聽到這，再次坐起身，臉頰迅速發紅瞪著他不放，直喊著：「你你你你你，你為什麼知道這件事？」

梁文森自信笑著，伸手把人重新抱在懷裡，才緩緩解釋：「你以為跟他說了，就不會有別人知道啊？」

「海、海董事長跟你說的？」林懷恩忍不住拔高音調喊著，臉更紅了。

梁文森面對他的提問笑而不語，答案顯而易見。林懷恩沒算到戴哲尼可能會跟海翼聊這件事，一想到那個情景就覺得好丟臉。

「好啦，至少我知道你的不安跟煩惱，我以後會改進，還有拉近一下你說的距離感，讓你這麼困擾真抱歉。」梁文森輕拍他的背安撫著。

林懷恩漸漸平靜下來，雖然仍感到很丟臉，但是至少事情解決了。

「對了。」梁文森突然又開口。

「嗯？怎麼了？」

「戴哲尼說要你試試看叛逆一下，千萬不要，我無法想像你這麼對待我。」他喜歡的可是那個體貼又善解人意的林懷恩，光是想像叛逆期的種種可能，他就頭痛。

「喔……連這種事你都知道，我的天……」林懷恩好不容易平復的心情，再次激動起來，這次他覺得臉頰燙到好像被火燒了。

下次絕對要找一個沒有共通好友的對象商量感情的事，但……林懷恩想了又想，身邊能聊的對象，通通都跟梁文森脫不了關係。

而這件事，成了他最新的煩惱，甚至無解。

遇見未來的你 HIStory5
Love for the Future
|影視改編小說|

原 著 編 劇／藍今翎、劉書樺
作　　　者／滙青
執 行 長／陳君平
榮譽發行人／黃鎮隆
協　　　輯／洪琇菁
總 編 輯／呂尚燁
執 行 編 輯／曾鈺淳
美 術 監 製／沙雲佩
美 術 編 輯／李政儀
國 際 版 權／黃令歡、梁名儀
企 劃 宣 傳／陳品萱
文 字 校 對／施亞蒨
內 文 排 版／謝青秀

國家圖書館出版品預行編目資料

遇見未來的你：HIStory5 / 藍今翎, 劉書樺原著編劇；滙青小說 . -- 1 版 . -- 臺北市：城邦文化事業股份有限公司尖端出版：英屬蓋曼群島商家庭傳媒股份有限公司城邦分公司發行, 2023.03
面；　公分
ISBN 978-626-356-200-4（平裝）

863.57　　111022094

出版／城邦文化事業股份有限公司　尖端出版
台北市 104 中山區民生東路二段 141 號 10 樓
電話：（02）2500-7600　傳真：（02）2500-2683
讀者服務信箱：7novels@mail2.spp.com.tw
發行／英屬蓋曼群島商家庭傳媒股份有限公司城邦分公司　尖端出版
台北市 104 中山區民生東路二段 141 號 10 樓
電話：（02）2500-7600　傳真：（02）2500-1979
劃撥專線：（03）312-4212
戶名：英屬蓋曼群島商家庭傳媒（股）公司城邦分公司
劃撥帳號：50003021
※ 劃撥金額未滿 500 元，請加付掛號郵資 50 元
法律顧問／王子文律師　元禾法律事務所　台北市羅斯福路三段三十七號十五樓

台灣地區總經銷／中彰投以北（含宜花東）　楨彥有限公司
電話：（02）8919-3369　傳真：（02）8914-5524
雲嘉以南　威信圖書有限公司
（嘉義公司）電話：0800-028-028　傳真：（05）233-3863
（高雄公司）電話：0800-028-028　傳真：（07）373-0087
馬新地區總經銷／城邦（馬新）出版集團 Cite（M）Sdn Bhd
電話：603-9057-8822　傳真：603-9057-6622
E-mail：cite@cite.com.my
香港地區總經銷／城邦（香港）出版集團 Cite（H.K.）Publishing Group Limited
電話：852-2508-6231　傳真：852-2578-9337
E-mail：hkcite@biznetvigator.com

版　次／ 2023 年 3 月 1 版 1 刷　Printed in Taiwan

版權聲明
本書原名為《遇見未來的你：HIStory 5》。
本著作物中文繁體版，經巧克科技新媒體股份有限公司授權作者滙青改編，並授予城邦文化事業股份有限公司尖端出版獨家發行，非經書面同意，不得以任何形式，任意重製轉載。

版權所有．侵權必究
本書若有破損或缺頁，請寄回本公司更換